《主題》で楽しむ100年の短歌　家族の歌

幸福でも、不幸でも、家族は家族。

Furuya Tomoko
古谷智子

北冬舎

幸福でも、不幸でも、家族は家族。

家族の歌 目次

五　現代の家族の歌

幸福でも、不幸でも、家族は家族。

家族の歌

一　家族の発見

「家族」とは誰のことか

「家族」といわれたときに、人はまず誰のことを思い浮かべるだろうか。

夫婦、親子、兄弟、姉妹など、濃い血によって結ばれた関係にある人々を想起することがいちばん多いだろう。人によっては、血縁関係にない人々が「家族」である場合もある。一つ屋根の下に生活する仲間を指して、心の繋がりの深さから「家族」と意識する場合ももちろんあろう。また、現在では、血縁関係があっても、単身赴任や遊学などの事情で、一つ屋根の下に住むことが難しく、別々に生活している人々も多い。

そう考えてくると、「家族」の定義はなかなか難しい。

ひとくちに「家族」といっても、その内容や構成はけっして一律ではない。ここでは基本的に、夫婦と血縁関係にある親子、そして兄弟、姉妹を、いちおう狭義の「家族」と考えて話を進めてゆきたいが、かならずしもそれに限定はしないで、広義の「家族」にも、随時、目を向けてゆくつもりである。

時代が移り、世が変わっても、「家族」はやはり人生の起点であり、幸せな家族関係であれ、不幸な関係であれ、その人の生涯を大きく左右する影響力を持っている。喜怒哀楽の多くの源がここにあるといってもいい。文明発祥以前の太古から、人々は「家族」という単位を、生きる支えとして本能的に大切に思ってきたのだろう。

「家族」を詠った作品は、『万葉集』にも見られる。いちばん人口に膾炙《かいしゃ》しているのは、山上憶良の作品だろう。

憶良らは今は罷《まか》らむ子泣くらむそれその母も吾《わ》を待つらむぞ　（三三七）

詞書に「山上憶良《やまのうえのおくら》の臣《おみ》の、宴《うたげ》を罷《まか》る歌一首」とある。仕事上の宴会の途中で帰ろうとする筑前守であった山上憶良が、彼の遅い帰宅を待つ家族を思う心を、素直に、呟くように詠んだ一首だ。宴の途中で何度も何度も中座しようとして、なかなかできなかった憶良の心情が、下句の口ごもるようなリズムのなかに漂っている。わが子も妻も私を待っているから、一刻も早く帰らねばならないと、万葉時代の朝廷人も、日常に即して親しみ深く「家族」を思いやる心情を詠んだのだった。

さらに、憶良には、つぎのような長歌と反歌がある。

瓜食《は》めば　子ども思ほゆ　栗食めば　まして偲《しぬ》はゆ　何処《いづく》より　来《きた》りしものぞ　眼交《まなかひ》に　もとな懸《かか》りて　安眠《やすい》し寝《な》さぬ　（八〇二）

銀《しろがね》も金《くがね》も玉も何せむに勝《まさ》れる宝子に及《し》かめやも　（八〇三）

一首目は、食べ物に寄せて子を思う親心が詠まれている。「正倉院文書」によると、米四合が五文であった当時に、瓜はたった一個で三文という値段だったという。栗は四合で、米よりも高い八文だった。両方とも、当時の果物のなかでも価格が高く、大変な貴重品だ。憶良はそれをたまたま何かの機会に食べたのだろう。すると、子供の姿がどこから来たものか、むやみに思い出されて安眠できないというのだ。こんなにおいしいものをぜひ子供に食べさせたい、という切実な親心からである。

万葉人の人間的な心情が、いまでも身近に親しく感じられる。

二首目は、反歌。世の中には、金銀玉など人の心を引きつける宝はいろいろあるが、そんなものは何になろう。子供にまさる宝はどこにもない、というほどの意味であるが、こうした子を思う親の心情は、いまも昔も基本的にはあまり変わることがない。現代でも多くの人々が、こうした素朴な親心に立つ歌を詠み継いでおり、短歌の大切な底荷になっている。

ところで、万葉時代の家族は、どのような住居で生活していたのだろう。

千葉県東金市にある山田水呑《やまだみずのみ》遺跡は、八世紀前半から九世紀末の集落跡であり、人口は約七十人で、一軒ごとにカマドがあり、当時の家族単位の生活の痕跡がよく残っているという。一家の人員は、平均して六人前後となっており、主に親子、兄弟、姉妹が「家族」として生活していたと思われる。このころ、東国ではまだ竪穴住居だったが、畿内では掘っ建て柱式の平地住居が広まっていた。

山上憶良は筑前守として大宰府に住んだが、大宰府では、都心でも竪穴住居が一般的で、郊外の農民は地べたに藁敷きの生活であったという。屋根を地面まで葺き下ろし、地上に伏せたような半地下の竪穴住居を「伏せ廬《いお》」といい、多くの家族がこうした住居に生活をしていた。山上憶良の「貧窮問答の歌」は、このような住居での家族の生活の一端を髣髴させるものだ。

風交《ま》じり　雨降る夜《よ》の　雨交《ま》じり　雪降る夜《よ》は　すべもなく　寒くしあれば　堅塩《かたしほ》を
　取りつづしろひ　糟湯酒《かすゆざけ》　うちすすろひて　しはぶかひ　鼻びしびしに　（中略）　伏《ふせ》
綿もなき　布肩衣《ぬのかたぎぬ》の　海松《みる》のごと　わわけさがれる　かかふのみ　肩にうち掛け
廬《いほ》の　曲廬《まげいほ》の内に　直土《ひたつち》に　藁解《わらと》き敷きて　父母は　枕《まくら》の方《かた》に　妻子どもは　足《あと》の方
に　囲《かく》み居《ゐ》て　憂《うれ》へ吟《さまよ》ひ　かまどには　火気《ほけ》吹き立てず　……　（八九二）

雪が降る夜は、何も食べるものがなくて、不純物の多い堅塩をすこしずつ食べ、酒糟《さけかす》を湯に溶かした薄い汁をすすりながら咳き込み、鼻をすすっている。じつに貧しい暮らしの農民が、藁葺きの庵でかろうじて雨風をしのぎつつ、老いた父母や妻子を切なく思いやるこころが、具体的に写されている。

漢詩からの影響もあり、誇張も指摘されるが、おおかたは当時の農家の実情にそったものであろう。困窮きわまる暮らしのなかで、かえって強まる家族愛が行間に滲んでいる。

　こうした貧しい生活のなかで、柱となる男性を失った家族の困難はいかほどだったろう。『万葉集』で、もっとも家族の情愛が溢れ出ている歌は、なんといっても、家族との切実な別れを伴った「防人の歌」だ。

我《わ》ろ旅は　旅と思《おめ》ほど　家《いひ》にして　子持《こめ》ち痩《や》すらむ　我が妻《み》かなしも　（四三四三）
父母が　頭《かしら》掻き撫で　幸《さ》くあれて　言ひし言葉《けとば》ぜ　忘れかねつる　（四三四六）
家にして　恋ひつつあらずは　汝《な》が佩《は》ける　太刀《たち》になりても　斎《いは》ひてしかも　（四三四七）
家風《いへかぜ》は　日に日に吹けど　我妹子《わぎもこ》が　家言《いへごと》持ちて　来る人もなし　（四三五三）
我《わ》が母の　袖《そで》もち撫《な》でて　我《わ》が故《から》に　泣きし心を　忘らえぬかも　（四三五六）

　一首目は、「私の旅は、旅とあきらめるが、家にいて、子をかかえて生業に痩せ細っているだろう妻が、心にしみて愛しいことだなあ」と、けっして楽ではない庶民の生活が背景にあってこそ、なお深まる夫婦の情愛が詠われている。

　二首目は、別れ際に、父母が頭を撫でながら、達者でいろ、と掛けてくれた言葉が忘れられないという歌である。親子の情が、「頭《かしら》掻き撫で」と具体的な体感をもって詠まれている。
　三、四、五首目も、妻や母への思いを詠った実感のある歌だ。家のある方向から吹いてくる風に、妻の消息を切望し、袖に涙をぬぐう母の姿を偲ぶ男たちの哀感が溢れている。

いずれも、「家族」との別離が、家族愛をいっそう募らせるという構造になっており、この純一な家族愛は古今東西絶えることなく、現代にまでも延々と受け継がれ、詠み継がれている歌の基本的なモチーフであり、これらの万葉歌はオーソドックスな家族の歌の原型をなしているといっていい。


古い日本の家族の姿について書かれた、もう一冊、興味深い本がある。

薬師寺の僧、景戒《きょうかい》によって纏められた、最古の仏教説話集『日本霊異記』である。

延暦六年（七八七）ごろにその骨格がおおよそできあがり、のちに増補を経て、弘仁十三年（八二二）ごろに完成したという。『日本霊異記』は、情報の乏しい八世紀から九世紀の庶民の生活をうかがうことができる得難い資料であるが、これまでは史書や公文書ばかりが重視され、あまり省みられることがなかった。近年、庶民の生活史や女性史がクローズアップされるにしたがって、庶民の息づかいが聞えてくるようなこの説話集の価値が、徐々にではあるが、認められ始めた。

この世にありそうもない、根拠のない話が多く収められているが、それは思いがけない事実に通じることもあり、お伽噺的なおもしろさに満ちている。もとは民間に伝承していたさまざまな不思議な現象を、仏教への信心をうながすための因果応報の説話に仕立てているが、そのなかに家族関係についてのリアルな因果応報話がいくつかある。そのタイトルのみをあげてみる。

「子の物を偸用《ぬすみもちゐ》て牛と作《な》りて役《つか》はれ異《あや》しき表《しるし》を示《あらは》す縁《ことのもと》」（上巻　第十）
「凶《あ》しき人乳房《ちぶさ》の母に孝養《けうやう》せずして現《うつつ》に悪《あ》しき死を得る縁《ことのもと》」（上巻　第二十三）
「凶《あ》しき女生める母に孝養《けうやう》せずして現《うつつ》に悪《あ》しき死の報《むくい》を得る縁《ことのもと》」（上巻　第二十四）

タイトルでだいたいの筋がわかるが、いずれも親への孝養を説き、家族の和合を旨とし、奨励している。ということは、とりもなおさず、当時でも親子の断絶が多くあり、孝養がおろそかにされていたということにもなる。説話は、その風潮を諫めるための因果応報物語であるということから、当時の社会を逆照射できる。

説話の一例をあげれば、防人の息子が妻と別れて赴任する際、母を「奴婢」と偽って連れて行き、離れた妻と暮らしたいがために、母を殺して喪に服することを理由に帰国しようとした話がある。母への孝養がおろそかにされていた風潮を諫めるための説話である。

また、別の説話では、舅から高利で借りた金が返せず、殺そうとする婿の話や、さらに乳幼児に乳を与えない母親の話など、現代にも通じる世相が描かれている話が多い。

八世紀という時代は、共同体が徐々に崩壊して、家族単位の生活が重視され始め、律令制度が敷かれ始めたときであり、この時代については、つぎのような記述が見られる。

「すでに当時（八世紀ごろ―引用者注）先進地帯では共同体の分解がすすみ、貧しい母子・老人、あるいは経済的な単位をつくれない人々が孤立するしかない社会になっていた。女性は夫と同居して一つのしっかりした経済単位となるような結婚を願い、人々は老後の扶養をしてもらう子どもを中心に、最も近い血縁関係のもと安定した家族生活を営む方向にむかっていくのである。」
(『日本女性の歴史』角川書店)
「『日本霊異記』は個人の単位思想と拝金主義の横行によって人心がすさみ、家族関係が破壊されていくさまをじつにいきいきと描いた説話集である。」(林道義『家族の復権』)

『日本霊異記』には、共同体から家族へと生活単位が移行し始め、さらに貨幣経済の発達によって家族関係が乱れを見せ始めた、八世紀ころの庶民の様子を描いた説話が数多く収められている。まるで現在の新聞記事に見るような残酷な事件をも含む説話集は、きれいごとではない、苦い人間性を下敷きにしており、古代から変わることのない人間の心がまるごと味わえるのである。

こうしたシビアな説話に見られるような、本性を剥き出しにした家族の姿もまた人間の真実の姿であり、世間の風潮にそって揺れ動く多面的な人間の情の交錯があってこそ、いきいきとした、立体的な「家族」の像が浮かび上がってくる。

「幸福でも、不幸でも、家族は家族。」とは、修辞ではなく、まさに古代からの変わらない真実なのである。

「家族」の発見

人は、どのようなときに、いちばん強く「家族」というものを意識するのだろうか。

平成十五年（二〇〇三）七月七日に、『家族』（北朝鮮による拉致被害者家族連絡会著）と題された本が出版された。北朝鮮による拉致被害者の家族を二人のライターが取材し、編んだ一冊である。この事件が公に報じられる昭和五十五年（一九八〇）までは、「拉致」という言葉自体なじみがうすく、まして拉致被害者がいることさえも、一般にはあまり知られていなかった。その時期にすでに、拉致被害者の家族は失われた家族の輪の一端を取り返すべく、懸命の努力を続けていたという。

平成十四年（二〇〇二）十月十五日、二十年以上の歳月を経て、五名の拉致被害者の帰還が、やっと叶った。しかし、拉致当時に青年であった人々はすでに中年となり、今度は、その人々が築き上げた家族たちと離れ離れにならなければならないという、新たな悲劇を生んだのだった。ひとつの家族の修復が、もうひとつの家族の離散をともなうことになった。

平成十五年（二〇〇三）七月三十日の朝日新聞「天声人語」に、帰還した拉致被害者夫婦の近況が伝えられている。ふたたび会えるかどうかわからない異郷の子供を思う親の気持ちを歌に託そうと、短冊に綴り、七夕の笹飾りにつけたという記事だ。そのときに詠んだ短歌二首が紹介されている。

遥《はる》かなる彼方《かなた》に消える流れ星　愛《いと》しき子らの安堵《あんど》を祈る　地村保志
ひたすらに早く帰れと祈りたる　願いよ届け天の星空　地村富貴恵

長い拉致生活の果てに帰った日本での七夕祭りだったが、願いは唯一、家族の平安にあった。歌は衒いがなく、ごく素朴であり、記者会見や散文のコメントでは表わしきれなかった心情が、ロマンに託した形で詠まれている。

異郷に残してきた子供を思う心を託した二首の短歌は、長い拉致生活で日本語に接することがすくなかった二人が、帰国後一年も経たないうちに、たちまちにして韻律にのせて詠んだものであり、短歌のリズムが日本語にむりなく添う民族の体内律であることに、あらためて気づかされた。短歌という韻律の底深い伝統の力を思い起こさせると同時に、歌が古来持っていた祈りの効用にも思いは及ぶ。

人事を超えたところに望みを託すほかはない現状というものを、七夕の遊興とはいえ、歌の律と祈願の機能に託したわけで、拉致家族帰還問題の解決の難しさとともに、歌の持つ意味や効用についても考えさせられる。

同じ時期、つぎのような記事も載った。

拉致されてから二十五年目にあたる平成十五年（二〇〇三）七月三十一日を前に、他の拉致被害者夫婦が会見して、遠く離れた異国の子供を思う気持ちを述べた。このときすでに、夫婦が帰国してから十か月を経ていた。
「この十カ月と言う長い間、何の進展もないので、つらくて自分の気持ちを抑えられないほど、たまらないことがある。（子どもを）日本で迎えてこそ、本当の幸せがある」（蓮池裕木子）、「（北朝鮮での思想教育の影響は）あると思うが、家族の情、親子の情が勝る。家族を大事にするところから始めていきたい。そんなに心配はしていない」（蓮池薫）（「朝日新聞」平成十五年七月三十一日）

拉致という多岐にわたる問題のなかでも、とくに家族を思う、父母、兄弟、親族の心痛は、深く人々の心を揺さぶり、広範な関心を呼び、悲劇はさまざまな形で報じられた。長年、拉致された息子を待ち続けた老母は、やっと帰国できた息子の顔を見ることなく亡くなったといい、また帰国を待ちわびた父母のもとに残酷な死亡報告がなされた例もあった。

帰国した人々が空港で抱きあう姿は何度もテレビで放映され、近年、このニュースほど、「家族」というものを強烈に意識させた事件はなかった。

拉致された「家族」を思う「家族」の熱意が、ついに歳月を越えて国を動かし、北朝鮮の国策に立ち向かい、強固な姿勢をわずかにでも緩和させた事実は忘れがたい。この事件の報道によって、平穏な日常生活のなかで見失っていた「家族」をふり返った人はじつに多かった。

基本的な自由が保障されている国に住んでいる安心感があるとしても、自由な国の、自由な時代にも、目に見えない、底深いおそろしさが潜んでいる。

表面的にはともに暮らすことができる状況であるにもかかわらず、知らず知らずのうちに心に深い断層が生じ、たがいに温かい関わりを持つことができない家族が増加しているという社会状況がある。

その一つの例を見てみたい。

平成十五年（二〇〇三）七月十六日の朝日新聞に、ドキュメンタリー映画「ニッポンの家族2003」の上映会が開かれ、活況を呈したとの記事が載っている。そこで、「自分や家族を被写体にした映画」が若い映画監督志望者の作品に非常に多いことが指摘されている。これは、いっけん歓迎すべき現象のように思われるが、記事はつぎのような論考へと続く。

こうした現象には、世界的なものへの視野や社会的な事象への関心がきわめて低く、それよりも個人、しかも自分自身への関心、自己愛といっていいかもしれないほどに狭い関心のほうが、はるかにまさる傾向が顕著だとして、なによりも鮮明に現代の風潮を表わしているという。

記事の一部を紹介してみる。

「映像による「私小説」ともいえそうなドキュメンタリーは、いわゆる「社会問題」が複雑化した近年になって次々と発表されるようになり、そのつど注目を集めてきた。フィリピン女性との結婚生活を描いた「妻はフィリピーナ」（93年）。実父や義父との葛藤《かっとう》を描いた「ファザーレス・父なき時代」（97年）。在日朝鮮人としてのルーツを探った「あんにょんキムチ」（99年）。引きこもりの兄を追う「home」（01年）……。こうした傾向に異を唱える人も少なくない。評論家の上野昂志さんやドキュメンタリー作家の佐藤真さんらは「私ドキュメンタリー」が、あるべき「他者性」を欠いていると、電子メールマガジン「ＮＥＯ」で批評を展開した。（中略）原監督は「今の『私ドキュメンタリー』は、自分の家族という甘えの許される被写体を選んでいるように思える」と語る。自身も74年、自分の元妻が黒人男性との子を出産する場面を撮った「極私的エロス・恋歌１９７４」を発表しているが、「当時の私は、他者へ向かう第一歩として自分の家族を見つめた。まず家庭を破壊せねばと考えた」」（「朝日新聞」平成十五年七月十六日）

文中の原一男監督は「ゆきゆきて、神軍」などを撮ったドキュメンタリー映画監督として知られており、現在、映画塾を主宰して若手監督の育成に当たっている。その塾生の記録映画会「ニッポンの家族２００３」についてのコメントが、以上のように紹介された。

上映会は盛況で、立ち見が出るほどだったが、なかでもいちばん観客を集めたのが「引きこもり三部作」だったという。観客の若者たちが「家族」というものに強い関心を持っており、さらに特殊と考えられがちな「引きこもり」を、けっして他人事とは考えていない証だろう。いかに多くの若者が自分自身の居場所や家族との連帯感を失い、社会に順応できずにいるかがわかり、いかに心揺れつつ「私探し」に深い関心を抱いているかがうかがわれる。

こうした青少年の存在は、現在の日本の「家族」のあり方を象徴するものである。どうして、「家族」というもっとも身近な人々に対して、心を開かないのだろう。あるいは開けないのだろう。

幼年時代から父親の虐待を受け、引きこもりや不登校になったという映画監督志望の女性は、「父親のほんとうの気持ちを知りたい」と、カメラを通して、親の真意を問いただそうとドキュメンタリーを撮影した。こうした、はっきりとした原因がある事例は、比較的わかりやすい。しかし、ごく普通の家族の、ごく当たり前の生活のなかで、引きこもってゆく子供たちが圧倒的に多く、平凡と思われる子供たちによる少年犯罪も多発しており、その心の推移が見えにくい。

興味深いことに、平成十五年（二〇〇三）七月、書店でよく売れていたのは家族関係、とくに親子関係について書かれた本である。

その「ベスト5」のタイトルを下位から順に挙げると、『子どもに愛が伝わっていますか』『親になるほど難しいことはない』『悲しみがやさしくなるとき』『母にできること、父にしかできないこと』『男の子が心をひらく親、拒絶する親』となっている。ハウツー本のように、子供と親との模範的な会話例を劇の台本ふうに示して指導した本もあるという。

子供は自分の姿が見えなくてさまよっているが、夫婦も、親も、兄弟も、みな同じように、「家族」のなかでの自分のあり方を見失っている。親であれ、子であれ、「家族」全員が、いまほど自己の存在に自信を失っている時代はないのではないか。

拉致被害者家族に見られるような《隔絶されているがゆえに濃密な家族意識》と、引きこもりや、それと対極的な少年犯罪によって炙り出された《接近しているがゆえに稀薄な家族関係》は、近年の「家族」を考えるうえで、見過ごすことのできない問題を含んでいる。一つ屋根の下にいる家族からも遠ざかり、一人で部屋に籠る青少年の姿は、遠く離れた「家族」との再会を熱望する拉致被害者家族の姿とは、大きくかけ離れているように見える。

ほんとうにそうだろうか。自分の意思に反して隔絶されてしまった家族の苦痛はいかばかりか、これは想像するよりほかにない痛切さにちがいないのだが、一方、家族に溶け込みたいのに自分の意思をまったく発露できない青少年のもどかしさもいかばかりだろう。どちらも、たがいに熱烈に家族との心の触れ合いを求めている。

心の交流を求め合っているという点においては、まちがいなく一致する。一方は、抗しえない外的な力によって交流が妨げられているのに対し、他方は抗しえない内的な力によって交流が妨げられる。「家族」は吸引力が強い。強いからこそ、その磁場に閉じ込められることがある。強い求心力と、強い遠心力のつり合うところに、「家族」という人間関係があるように思われる。強固なように見えて、危うく、脆いゆえんでもあろう。

近年、ジャーナリズムが取り上げ、身近な問題として話題にされる両極端の「家族」の存在は注意を要する。その状況やあり方の相違点と共通点との狭間に、現代の「家族」の諸相が封じ込められているように思われる。原一男監督のいうように、「他者へ向かう第一歩として自分の家族を見つめ」ることと、「まず家庭を破壊せねばと考え」ることとの、切り離すことができない相関関係のなかに「家族」の本質がかいま見られる。

起伏のない日常生活が淡々と続いているときには、「家族」はそれほど強く意識されない。平穏な日常の意識の緩みのなかで、家族関係は徐々に稀薄になってゆくのだろう。

雲をつかむような混沌のなかから、今日の「家族」の姿を浮かび上がらせるために、近代から現代までの家族を対象とした歌を、ゆっくりと味わいつつたどってみたい。

《幸福でも、不幸でも、家族は家族。》には、世間的な幸不幸を超えた、深く人のこころの襞に沁み込んだ意識すらもふくまれている。それらの振幅豊かな、秀れた歌をともに鑑賞できたら幸せである。

二　近代の家族

與謝野晶子の家族

わが背子《せこ》とかきかはしたる文《ふみ》がらの古《ふる》き香《か》かげば春日《はるひ》しおもほゆ

（『佐保姫』明治四十二年）

髪《かみ》あまた蛇頭《へびがしら》する面《おもて》ふり君《きみ》にもの云《い》ふわれならなくに

（同）

みづからの恋《こひ》のきゆるをあやしまぬ君《きみ》は御空《みそら》の夕雲男《ゆふぐもをとこ》

（同）

二十四《にじふし》のわが見《み》る古往今来《こわうこんらい》はすこしたがへり恋人《こひびと》のため

（同）

しら刃《は》もてわれにせまりしけはしさの消《き》えゆく人《ひと》をあはれと思《おも》ふ

（同）

これは與謝野晶子の三十代の歌である。晶子は近代の黎明期である明治十一年（一八七八）に堺で生まれた。二十三歳で刊行した『みだれ髪』（明治三十四年）で、「やは肌のあつき血汐にふれも見でさびしからずや道を説く君」「狂ひの子われに焔《ほのほ》の翅《はね》かろき百三十里あわただしの旅」「罪おほき男こらせと肌きよく黒髪ながくつくられし我れ」と、青春期の噴きあげるような命の賛歌を歌い上げた天才歌人の結婚後の作品である。

あの情熱的な恋の歌を詠んだ晶子の歌としては、なんと沈潜した歌の調子だろう。
第八歌集『佐保姫』を発行した明治四十二年（一九〇九）は、與謝野鉄幹と結婚してから七年が経ち、すでに三男二女をもうけていた。前年四十一年には、鉄幹の新詩社発行の「明星」が廃刊となり、生計のすべてが晶子の双肩にかかってくることになった時期である。

晶子自身は生活のために、「髪《かみ》あまた蛇頭《へびがしら》」してとあるように、怪物メドゥサのように髪を振り乱した姿となり、見るものを石に変えるほどの苦境のなかで、家庭の軋轢に耐えていたのである。三首目の「夕雲男《ゆふぐもをとこ》」とは、夜が迫って暗い空に見えなくなる雲のように、はかなく頼りない男という意味で、鉄幹を指す。そして、時には昔の恋文を取り出し、青春の光に満ちた日をはるかに偲んでいる姿が描かれている。

しかし、晶子は現実に重い生活を背負って、失望ばかりしているわけではない。

君《きみ》がため菜摘《なつ》み米《よね》とぎ冬《ふゆ》の日《ひ》は井縄《ゐなは》の白《しろ》く凍《こほ》りたる家《いへ》　（『佐保姫』明治四十二年）

見《み》るままにかまど作《つく》りてきのこ飯《めし》かしぐまはりに七人《ななたり》は寝《ぬ》る　（同）

世《よ》をこめて小《ちひさ》き襯衣《しやっ》をぬひいでしよろこびなどもあはれなるかな　（同）

五人《いつたり》ははぐくみ難《がた》しかく云ひて肩のしこりの泣く夜となりぬ　（『春泥集』明治四十四年）

わが背子に四十路《よそぢ》ちかづくあはれにも怒《いか》らぬ人となり給ふかな　（同）

釣瓶《つるべ》井戸の縄が凍るような貧しい家のなかの様子や、かまどで茸《きのこ》ご飯を作る厨のあたりに幼い七人の子がひしめくように寝ている様子、子供のシャツをみずから縫い上げた満足感や喜びが、じつに素直に伝わってくる。大家族を取り仕切り、たくましく生活を支える太陽のような存在としての母親像が鮮明に立ち上がってくる。

『佐保姫』(明治四十二年)は「明星」廃刊後の初歌集で、当時の文壇を席巻していた自然主義的な詠法の影響が出ている。ロマン的な色調は消え、猥雑な現実生活の活写が歌の前面にせり出している。『みだれ髪』の詠み方とは違った視点と現実への興味が、表現のうえでは、美文を抑え、理想化を廃した自然な日常の言葉となって表われ、生活の切実な場面がわかりやすく、心情深く切り取られている。

第九歌集『春泥集』(明治四十四年)も、自然主義的な要素が強い。当時いた五人の子供さえ、体力的にも育てがたく、苦しいほどに肩が凝る晶子の姿が描かれている。歌集刊行時、明治十一年(一八七八)生まれの晶子はまだ三十三歳だった。夫の鉄幹は、明治六年(一八七三)生まれで、三十八歳。歌はそれ以前の作であり、いまから思えばまだ若い夫婦である。「怒らぬ人となり給ふかな」と詠まれる鉄幹の姿も、自然主義という時代潮流に押し流される文学者の姿を彷彿させて痛ましい。

晶子の家族の歌としては、子を産んだ際の実感を詠んだ一連が有名だ。

不可思議《ふかしぎ》は天《てん》に二日《にじつ》のあるよりもわが体《たい》に鳴《な》る三《み》つの心臓《しんざう》　(『青海波』明治四十五年)

男《をとこ》をば罵《ののし》る彼等子《かれらこ》を生《う》まず命《いのち》を賭《か》けず暇《いとま》あるかな　(同)

悪竜《あくりよう》となりて苦《くるし》み猪《ゐ》となりて啼《な》かずば人《ひと》の生《う》み難《がた》きかな　（同）
その母《はは》の骨《ほね》ことごとく砕《くだ》かるる苛責《かしやく》の中《なか》に健《たけ》き子《こ》の啼《な》く　（同）
よわき児《こ》は力《ちから》およばず胎《たい》に死《し》ぬ母《はは》と戦《たたか》ひ姉《あね》とたたかひ　（同）
虚無《きよむ》を生《う》む死《し》を生《う》むかかる大事《だいじ》をも夢《ゆめ》とうつつの境《さかひ》にて聞《き》く　（同）

晶子の抄出の一連の歌は、明治四十四年（一九一一）、四女宇智子と死産の子の双子を出産したときのものだ。双子の一人は死に、生を生んだだけでなく、死をも生んだという実感が体感に結びついて、強く晶子の心を捉えたのだろう。「虚無《きよむ》を生《う》む」という初句は、単なる観念ではなく、実体験をもとに切実に訴えられている。

「安眠不足、脳病、六人の子供を生んだ疲労。……子供が無かつたなら。せめて子供が一人か二人かだつたなら。いや、そんな事を思ふものではない。……生まうとも何とも思はないで偶然に生んだのが子に対してひたすらに済まない。」（『一隅より』明治四十四年七月）という文章のなかに、当時の家族の実態がある。一方、明治政府の富国強兵の思想の元に、多産は奨励され、疑いもない家族の姿として定着し、風潮となったのではなかったのだろうか。

晶子は双子を含めて、生涯に六男六女を生み、計十一回の出産を経験している。医療の進歩もまだおぼつかない明治、大正ごろのことだ。子を生むごとに、いくたびも死と直面する状態に陥る。「出産は〈棺おけに片足をつっこんだ〉ようなものといわれたように、出産で死亡する妊産婦が非常に多かった」（『日本女性の歴史』）とあるとおり、命がけの仕事だった。晶子の詩に、

「わたしは／度度死ぬ目に遭つてゐながら、／痛みと、血と、叫びに慣れて居ながら、制しきれない不安と恐怖とに慄へてゐる。」（「第一の陣痛」）と歌われるように、心身の激しい消耗のなか、次々に子をなし、十三人の大家族を形作っていった。二首目の「男《をとこ》をば罵《ののし》る彼等子《かれらこ》を生《う》まず」の作品については、晶子の「産褥の記」があり、心情を知るうえで参考になる。

「わたしは今度で六度産をして八人の児を挙《あ》げ、七人の新しい人間を世界に殖《ふや》した。男は是丈の苦痛が屢々せられるか。少くともわたしが一週間以上一睡もしなかつた程度の辛抱《しんぼう》が一般の男に出来るでせうか。」（「産褥の記」）

明治時代は、おおむね多産だ。百歳を越えた双子の姉妹の成田きんさん、ぎんさんも明治二十五年（一八九二）生まれで、それぞれ十一人と五人の子をなしている（『日本女性の歴史』）。当時、巷では、「十人生んで八人亡くし、二人育てた」と俗にいわれるほど、乳幼児の死亡率が高かった。多産は人口維持のためにはやむをえなかった、時代の国策だ。

医療事情の悪さや食生活の貧しさは、きんさんの十一人の子供のうち五人までが、生まれて一年以内に亡くなっていることでも明らかだ。きんさんは「栄養がようないから、乳もでんかった」ともいっている。「長女・次女」として生まれた「きんさん・ぎんさん」も、妹二人弟四人の八人妹弟だ。畑仕事の手伝いと、小さい妹弟の子守とで、「学校もぎんさんと一日交代でしか行けなかった」という。生活の苦しさと表裏一体の当時の大家族の姿が浮かぶ。

晶子の「家族の歌」を見たが、夫であり、父である與謝野鉄幹の「家族の歌」を読んでみる。

子《こ》の四人《よたり》そがなかに寝《ぬ》る我妻《わがつま》の細《ほそ》れる姿《すがた》あはれとぞ思《おも》ふ　（『相聞』明治四十三年）
その父《ちち》はうち打擲《ちやうちやく》すその母《はは》は別《わか》れむと云《い》ふあはれなる児等《こら》　（同）
五人《いつたり》の子等《こら》が冬著《ふゆぎ》に縫《ぬ》ひ直《なほ》しさもあらばあれ親《おや》は著《き》ずとも　（同）
あたたかき飯《いひ》に目刺《めざし》の魚《うを》添《そ》へし親子《おやこ》六人《むたり》の夕《ゆふ》がれひかな　（同）

世帯やつれをした晶子を哀れみ、生活上の諍いから別れ話にまでことが及ぶ家庭の有様が率直に詠われている。それと同時に、子供用に仕立て直されてゆく冬着に父親としての温かい思いが感じられ、貧しい夕餉の様子に家族のささやかな平安が漂う。

これらの歌は、鉄幹といえばすぐに思い浮かぶ、「妻をめとらば才たけて／顔うるはしくなさけある／友をえらばば書を読んで／六分の俠気四分の熱」（『鉄幹子』明治三十四年）、「われ男の子意気の子名の子つるぎの子詩の子恋の子あゝもだえの子」（『紫』明治三十四年）や、「韓《から》にして、いかでか死なむ。われ死なバ、をのこの歌ぞ、また廃れなむ。」（『東西南北』明治二十九年）などの虎剣調作品とは明らかに違っている。

明治三十五年（一九〇二）から四十二年までの作品千首を収めている『相聞《あいぎこえ》』は、鉄幹の歌業のピークをなすもので、この集から「與謝野寛」と本名に戻り、筆名を廃している。このことも、現実についた視点と表現を歌に取り入れたことと無関係ではないだろう。

歌集『相聞』には激しい愛情表現もあり、明治時代の人心を驚かしたであろうことが窺われる。

「後記」には、「この集の草稿は、一一みづから点検するの暇なく、取捨、編纂、浄写等、すべて妻晶子の用意と労力とに任せ……」とある。

　このことについて、つぎのような見解がある。

「明治末年に、生活と文学とを分離し、かつ結合していた芸術的な夫と妻、あるいは男性と女性との調和と統一、あるいは指導と信従がここに在りえたのかを思わせる。」（久保田正文『現代短歌の世界』）

　集中には、貧しくも温みのある家庭生活の歌とともに、「人妻《ひとづま》にひと夜《よ》肌《はだ》ふれ寝《い》ねしことその後《のち》の日《ひ》の怖《こは》かりしこと」「根《ね》なし言《ごと》またも空笑《そらゑみ》この憎《にく》き口《くち》よと云《い》ひて吸《す》ひにけるかな」といった寛の作品があり、愛人との愛欲の歌をも含めて、晶子が選歌、収集したことになる。妻としての晶子のあり方が、いかにも明治という時代を思わせるのだが、久保田正文は「與謝野晶子の決然たるますらおぶりにおどろくよりほかあるまい。」と、その逸《はや》り雄《お》としての剛毅と包容力、芸術家としての信念の強さに驚嘆している。

　晶子は、「君《きみ》がため菜摘《なつ》み米《よね》とぎ冬《ふゆ》の日《ひ》は井縄《ゐなは》の白《しろ》く凍《こほ》りたる家《いへ》」（『佐保姫』明治四十二年）と歌い、多くの子をなし、その養育に忙殺されながら、愛人の存在も文学上で容認して、夫の歌集を残した。その妻の強さは、まさに「ますらおぶり」といってもいい、心身の逞しさだ。現代の女性には顰蹙を買うだろうが、こうした歌の背景にも色濃く時代が出ている。

「家族」は、社会の最小単位の構成機関として、いやおうなく時代を負い、時代の標となる。與謝野寛・晶子夫婦を通して見えてくる時代の価値観や、主従の心理関係は興味深い。

寛のつぎの詩は、石川啄木の子、真一が、明治四十三年（一九一〇）十月に生後二十四日目で亡くなったときのものだ。「煙草」（『鴉と雨』大正四年）のなかにある。

啄木はロマンチツクな若い詩人だ、
初めて生れた男の児をどんなに喜んだらう、
初《はじめ》て死なせた児をどんなに悲んでるだらう、
自分などは児供《こども》の多いのに困つてる、
一人や二人亡くしたつて平気でゐるかも知れない。
併《しか》し啄木はあの幌の中で泣いてゐる、屹度《きつと》泣いてゐる。

第三連のみを挙げたが、子だくさんの生活苦のなかで、「せめて子供が一人か二人かだつたら」という感情もときにはあったようで、それが率直に吐露されている。しかし、啄木の心を思いやって、「屹度《きつと》泣いてゐる」と彼の嘆きを掬い取るところに、家庭人としての、父としての寛の優しさも反映されている。與謝野家の雰囲気は、つぎのようにも描写されている。
家族が揃って朝食をとる風景を歌った、晶子の詩である。

さあ、一所《いつしよ》に、我家《うち》の日曜の朝の御飯。
（顔を洗うた親子八人《はちにん》、）

みんなが二つのちやぶ台を囲みませう、
みんなが洗ひ立ての白い胸布《セルギエツト》を当てませう。……
何時《いつ》もの二斤《にきん》の仏蘭西《フランス》麺包《パン》に
今日《けふ》はバタとジヤムもある。
三合の牛乳《ちち》もある、
珍しい青豌《え(ママ)んどう》豆の御飯に、
参州《さんしう》味噌の蜆《しゞみ》汁、
うづら豆、
それから新漬《しんづけ》の蕪菁《かぶ》もある。
みんな好きな物を勝手におあがり、
ゆつくりとおあがり、
たくさんにおあがり。……

（「日曜の朝飯」大正三年）

二つの丸いテーブルを囲んで、親子八人がみな揃っている。質素な朝食の献立が並べられている。その飾らない内容と文体に、当時の家庭の風景が鮮明に浮かび上がり、懐かしい時代の風が吹き渡るようにさわやかだ。母親としての満足感が言葉のすみずみに行き渡っている。「バタとジヤム」と「青豌《え(ママ)んどう》豆の御飯」の取り合わせも和洋折衷で、新しい時代の雰囲気を醸しだしている。一方で、職の定まらない夫を柱にする家庭の経済的なつらさも、こう歌われている。

ああ、ああ、どうなつて行《い》くのでせう、
智恵も工夫も尽きました。
それが僅《わづ》かなおあしでありながら、
融通の附《つ》かないと云《い》ふことが
こんなに大きく私達を苦《くるし》めます。……
子供達のみづみづしい顔を
二つのちやぶ台の四方《しはう》に見ながら、
ああ、私達ふたおやは
冷たい夕飯《ゆふはん》を頂きました。

もう私達は顚覆《てんぷく》するでせう、
隠して来たぼろを出すでせう、
体裁を云《い》つてゐられないでせう、
ほんたうに親子拾何人が飢《かつ》ゑるでせう。……
恥と、自殺と、狂気とにすれすれになつて、
私達を試みる
赤裸裸の、極寒《ごくかん》の、

氷のなかの日が来ました。

（「冷たい夕飯」大正六年）

母親としての絶対の自信とともに、その子らのお腹を満たすことができない経済的逼迫のつらさが、どちらの詩にもあからさまに吐露されている。このころが家庭人としての晶子の、もっとも苦しかった時代だろう。しかし、苦しいからこそ、子を満たす食への思いもひときわ強くなるわけで、この渇望がより濃密な家族の絆を作っているともいえる。不幸でも、家族は家族である。いや、不幸だからこそ、家族をより強く意識することにもなるのだろう。

水だまりおもちやの赤き金魚浮き雨がへる飛び日の暮れて行《ゆ》く

（『夏より秋へ』大正二年）

子の病めば家の中《うち》なるいかなる室《ま》いかなる隅も見てあぢきなし

（『晶子新集』大正六年）

子等あまた港に入りし船のごと安げに眠る春の宵かな

（『草の夢』大正十一年）

大正八年（一九一九）には、前年に第一次世界大戦も終結しており、晶子は三月に六女藤子を出産した。寛は四月に、慶應義塾大学教授となり、生活の安定をみることになった。これ以後の晶子の歌は、経済的な安定とともに子供たちの成長をゆっくり見守る余裕が生じ、穏やかな幸福感に満ちてゆく。

「子等あまた港に入りし船のごと」という歌は、この上句の比喩がよく利いており、いくつも重なる寝息の揺れが、船だまりの波に揺らぐ小船の安らぎに重なってゆく。文学者として、歌人として高名な晶子だが、家庭人としての、母としての歌の変遷は、時代をよく体現している。とくに経済的に不安定な時代の「家族の歌」は、不幸なときこそ力になる家族の存在を強く感じさせる。子供たちを飢えさせまいとする心意気が膨大なエネルギーを生み出していて、圧倒されるばかりだ。

「私の四歳になるアウギユストよ、私の七箇月になる健よ。私の作つた物の中でお前達に勝る最上の芸術があらうか」(随想評論集『我等何を求むるか』大正六年)と述べているのは、晶子がいかに家族を至上のものと思っていたか、その深さを物語るものだろう。

晶子が家族を歌ったものとしては、弟への詩「君死にたまふこと勿れ」(「明星」明治三十七年九月初出)は忘れることができない。詞書に「旅順口包囲軍の中に在る弟を歎きて」とある。

あゝをとうとよ、君を泣く、
君死にたまふことなかれ、
末に生れし君なれば
親のなさけはまさりしも、
親は刃《やいば》をにぎらせて
人を殺せとをしへしや、
人を殺して死ねよとて

二十四までをそだてしや。

第一連のみを挙げたが、このころ、すでに二歳になろうとする長男光に生後二か月の次男秀がおり、子を思う母親の気持ちを実感として晶子は持っていた。日露戦争の最中にこのような詩を書くことは誤解を招き、逆臣のそしりをまぬがれない。大町桂月は翌十月の「太陽」において、「危険なる思想の発現なり」と批判し、さらに晶子の反論「ひらきぶみ」に対しては、同じく「太陽」（明治三十八年一月）に、「乱臣なり、賊子なり、国家の刑罰を加ふべき罪人なりと絶叫せざるを得ぬもの也」（「詩歌の骨髄」）と弾劾の文章を載せている。晶子は、国策に対する異議とともに、家族の自然な感情をそのまま正直に述べているもので、こののち数十年後に戦争讃歌を作ることになったとしても、この詩を草したことの意味は大きい。社会、国家に対抗する力として「家族」を対比させた意味は、重く受け止めなければならない。

晶子は、大町桂月への反論として「ひらきぶみ」を書いている。「わが弟は、あのやうにしげく〳〵妻のこと母のこと身ごもり候児のこと、君と私との事ども案じこし候。かやうに人間の心もち候弟に、女の私、今の戦争唱歌にあり候やうのこと歌はれ候べきや。」と一歩も退かなかった。さらに続けて、「私はまことの心をまことの声に出だし候とより外に、歌のよみかた心得ず候。」と果敢に、歌の心のあり方を訴えている。大正、昭和と時代は暗転するが、この時点で初めて社会に真っ向うから訴えた女性の力強い発言は、新しい時代の息吹を表わすものであり、新しい時代の家族像の原点となるものだろう。

石川啄木と家族

「婦人の友」や「東京社会新聞」、そして「アララギ」などが創刊された明治四十一年（一九〇八）の春、二十二歳の石川啄木が上京した。この年は夏目漱石が『三四郎』を発表した年でもある。最高学府の新入学生として溌剌と上京した三四郎の清新な息吹とは、すこし位相を異にするが、啄木も文学で一旗挙げる強い決意と意欲を持って上京した。

四月二十四日に海路上京した啄木は、五月四日には金田一京助の援助で本郷菊坂の赤心館に入り、かねてからの念願であった本格的な創作活動を始める。それから一か月余の間に、「菊池君」「病院の窓」「母」「天鵞絨」「二筋の血」と五篇三百枚以上におよぶ小説を書くが、まったく売れず、たちまち極度の生活苦に陥ることになった。創作生活失敗の、処しがたい、みじめな心情を紛らわせるために、当時はあまり重きを置いていなかった短歌で鬱憤を一気に噴出させた。

六月二十三日の夜半から二十六、七日にかけての数日間につくった三百首以上の歌がそれであり、このときの作品は新詩社ふうの象徴詩を脱して、現実に即した啄木短歌の端緒ともなった一連である。これらの作品の多くは第一歌集『一握の砂』のなかに散りばめられているが、歌集には入っていない家族、とくに父母を詠ったものを挙げてみる。

父母《ちちはは》のあまり過ぎたる愛育にかく風狂の児となりしかな
ただ一つ家して住まむ才能を我にあたへぬ神を罵《ののし》る
あたたかき飯を子に盛り古飯に湯をかけ給ふ母の白髪《しらがみ》
今日は汝が生れし日ぞとわが膳《ぜん》の上に載せたる一合の酒
われいまだわが泣く顔をわが母に見せし事なし故にかなしき

小説の創作に行き詰まった困窮の果てに溢れ出した歌は、素朴かつ直情的であり、歌集に収録されていないものまで含めて読めば、啄木の衒わぬ赤裸々な心がよりいっそうくっきりと浮き彫りにされる。

一首目は、実業にはつかず、創作にのめりこむ自分の現在の姿は、「父母《ちちはは》のあまり過ぎたる愛育」のせいであるという。二首目も、一家揃って一つ屋根の下に暮らすという簡単なことさえもできない自分の生活の才のなさは、神のせいだと難じている。自分勝手な責任回避的な言い分だが、こうした自己中心的な思考回路は、啄木の生涯を通じて変わることがなかった。

経済的な理由から一家離散の状態であったこの時期は、父母妻子とともに住むことを切望し、自己犠牲的な母の姿と意地っ張りな自己の姿に焦燥感を深め、悲哀に苛まれる日々であった。家長制度の厳格であった明治時代の嫡男としての責務と、父母への敬愛と、自己実現の苦悩が、啄木の家族の歌にはひときわ顕著だ。

たはむれに母を背負《せお》ひて／そのあまり軽《かろ》きに泣きて／三歩《さんぽ》あゆまず（『一握の砂』）
はたらけど／はたらけど猶《なほ》わが生活《くらし》楽《らく》にならざり／ぢつと手を見る（同）
友がみなわれよりえらく見ゆる日よ／花を買ひ来《き》て／妻としたしむ（同）

誰もが諳《そら》んじている、家族を詠んだ啄木の有名な作品だ。

一首目は、明治四十一年（一九〇八）六月二十三日から集中的につくられた歌群のなかにある。上京後、半年のうちには家族を呼び寄せて住むはずであったのに、それも果たせず、父は青森、母や妻子は函館と、一家離散の状態が続いていた。母を背負っている実景というよりは、かつての思い出にこの夜の幻想が重なっているように解釈される。

二首目は、明治四十三年（一九一〇）七月二十六日の作品で、すでに家族を東京に呼び寄せている。「東京朝日新聞」の校正係として日夜働くが、嵩んだ借金のために生活はいっこうによくならなかった。六月に、待ちくたびれた家族が上京し、本郷森川町の下宿「蓋平館」から弓町の理髪店「喜之床」に居を移して、同居が始まっていた。啄木の日記には「前年来の疲弊」と「不時の事」によって窮乏が好転しない、と書かれている。前の年に妻節子と母の折り合いが悪化していて、生活苦と絶望から妻は長女京子を連れて盛岡の実家に帰ってしまった。

この家出は啄木の家族観を大きく揺るがせ、家族の惨憺たるありさまは文学観を根底からゆさぶるものとなった。きれいごとでは成り立たない家族の問題は、きれいごとではすまない文学の在り方を模索させることになった。そして、「弓町より（食ふべき詩）」の執筆へとつながっていった。単なるロマンではなく、また文学的な高邁な理想を掲げるのでもない行き方、それが生活に密着した「実人生と何等の間隔なき心持を以て歌ふ」態度を確立させる。

二首目の「ぢつと手を見る」という心情は、明治の貧しい家庭を戸主として維持する文学青年啄木ならずとも、混沌の時代を生きる現代人の心にも通底するものがある。若山牧水は、この歌の結句「ぢつと手を見る」の素晴らしさを、「まったくこの五句には電気のような閃《ひらめ》きがある」（「石川啄木君の歌」）と激賞している。

三首目の「友がみな」の歌は、明治四十三年十月十三日夜の作品だが、気分の浮き沈みが激しい青年啄木の気弱な一面がよく出ている。十二月に第一歌集『一握の砂』を上梓することになるが、この年には、若山牧水『別離』、吉井勇『酒ほがひ』、長塚節『土』、島崎藤村『家』、夏目漱石『門』などが出版されており、「早稲田文学」に対して「三田文学」が創刊されたように、反自然主義的な傾向が台頭し始める。同世代の活躍、小説の挫折感など、さまざまに自己を卑下することが多かったにちがいない。

その傷心を慰めるのは、やはり家族だ。なかでも、妻の存在は大きい。下句の「花を買ひきて」の一点の具体が絶大な効果をあげている。

夜明けまであそびてくらす場所が欲《ほ》し／家《いへ》をおもへば／こころ冷《つめ》たし　（同）

人みなが家を持つてふかなしみよ／墓に入るごとく／かへりて眠る　（同）

明治二十年代には、「大日本帝国憲法」や「教育勅語」などをバックにした「明治民法」によって、「戸主権」や「男系長子相続」が確立し、「家」制度が人々の心に深く染みこんでいった。家長の権限は絶大で、妻子にはほとんど有無をいわせないやり方で服従を強いることになった。啄木も家庭にあってはかなり横暴であったらしく、「女あり／わがいひつけに背《そむ》かじと／心を砕く／見ればかなしも」（『一握の砂』）と、ときに自己を省みた。

当時の日本は外国に門戸を開いたばかりであり、国家としての乱れや揺らぎは国を危うくする状況のなかで、民衆を管理支配する方策として「家」制度は有効だったのだろう。その必要性はあったとしても、女性蔑視をはじめ、多くの弊害を生んだことは明らかで、詩や小説で悲劇のもとになるテーマとして多く取り上げられた。

明治三十一年（一八九八）には、「読売新聞」に『金色夜叉』が、明治三十二年には、「国民新聞」に徳冨蘆花の『不如帰』が連載され、女性をめぐる家や社会の状況が浮き彫りにされた。さすがに明治四十年代になると、四十四年（一九一一）に「青鞜」が創刊され、女性解放の新思想も出始めるが、一般にはなかなか浸透しなかった。家父長制度は、とくに強固な、容易に崩しがたい家族形態を形作っていったというべきだろう。

啄木は、父一禎の宗費滞納による住職追放事件によって、二十歳にして家計を背負わねばならなかった。戸主、家長としての責任は重く、二十六歳で亡くなるまでの間に、長男の死、母や妻の病臥、父や妻の家出、さらに母の死など、複雑な家族の問題はあとを絶たなかった。

一首目は、嫁姑問題で反目しあう母と妻の間で気がめいっている時期の作品だ。二首目も同時期の歌で、家庭が暗い墓場のように感じられ、諦めにも似た深い悲しみに沈む。「人といふ人のこころに／一人づつ囚人《しうじん》がゐて／うめくかなしさ」（同前）という歌も、家庭を振り払うことができない若い家長である文学者の苦悩が籠っている。

「明星」のアイデアリズム、熱情的な浪漫主義に耽溺してはいられない実生活が啄木にはあり、以後の「食ふべき詩」「時代閉塞《へいそく》の現状」への発展は必然のことだった。また、当時の文学的潮流は、自然主義を超える反自然主義の方向へと向かうことになるのだが、貧しい家族を抱えた厳しい現実は、啄木の文学的方向をこうした潮流に合流するように強く牽引したのだった。家族という荷の重さは、つぎのようにも詠まれている。

茶まで断ちて、／わが平復を祈りたまふ／母の今日また何か怒れる。（『悲しき玩具』）
ひとところ、畳を見つめてありし間の／その思ひを、／妻よ、語れといふか。（同）

茶断ちの苦しさを忍ぶ母の恩愛とともに、ささいな家庭の出来事に怒りをおさえきれない人間くさい母の姿が描かれている。また、言葉にはできない、夫としての鬱屈をしつこく妻は問いかけるのだろうか。一家離散の悲しみの末に待ち望んだ同居であるのに、この母子・夫婦の心の縺れようは痛ましい。このような歌には、時代の影が濃くおよんでいるとはいえ、結局のところ、家族とはこんなものだという普遍の真実の姿でもあるだろう。

十月《じふぐわつ》の朝の空気に／あたらしく／息吸《いきす》ひそめし赤坊《あかんぼ》のあり　（『一握の砂』）
おそ秋《あき》の空気を／三尺四方《さんじやくしはう》ばかり／吸《す》ひてわが児《こ》の死にゆきしかな　（同）
底知れぬ謎《なぞ》に対《むか》ひてあるごとし／死児《しじ》のひたひに／またも手をやる　（同）

明治四十三年（一九一〇）十月四日に長男真一が誕生する。長女京子はこのとき、四歳に近かった。しかし、長男誕生の喜びもほんのつかの間、真一はまもなく息をひきとる。「夜おそく／つとめ先《さき》よりかへり来て／今死《いまし》にしてふ児《こ》を抱《だ》けるかな」（『一握の砂』）というように、十月二十七日にあっけなく亡くしてしまう。わずか三週間余の命であり、そのはかなさが、「三尺四方《さんじやくしはう》ばかり」に象徴されている。三首目は、愛児の死の現実を受け入れがたく、呆然としている様が詠われている。「底知れぬ謎《なぞ》」としかいいようのない、子の誕生と死だ。

こののち、母の死、啄木の死、そして妻の死など、たてつづけに死が訪れて、家族はその形を失ってゆく。家族の最盛期とは、こうした雑多な「幸福」と「不幸」のない交ぜになった状態であり、憎愛の複雑に交錯する感情の坩堝《るつぼ》だといえる。

旅を思ふ夫《をつと》の心！／叱《しか》り、泣く、妻子《つまこ》の心！／朝の食卓《しよくたく》！　（『悲しき玩具』）
いつも子を／うるさきものに思ひゐし間《あひだ》に、／その子、五歳になれり。　（同）
その親にも、／親の親にも似るなかれ――／かく汝《な》が父は思へるぞ、子よ。　（同）

放《はな》たれし女のごとく、／わが妻の振舞《ふるま》ふ日なり。／ダリヤを見入る。（同）

猫《ねこ》を飼《か》はば、／その猫《ねこ》がまた争《あらそ》ひの種《たね》となるらむ、／かなしきわが家《いへ》。（同）

ある日、ふと、やまひを忘れ、／牛の啼く真似《まね》をしてみぬ、――／妻子《つまこ》の留守に。（同）

かなしきは我《わ》が父！／今日《けふ》も新聞を読みあきて、／庭に小蟻《こあり》と遊べり。（同）

この静と動のめまぐるしさには思いがけない活力がある。父母と妻と子、そしてペットの猫を交えた明治の貧しい庶民の一家族像が鮮やかに描き出されている。「放《はな》たれし女のごと」き妻も、「牛の啼く真似《まね》」をする夫も、「小蟻《こあり》と遊」ぶ老いた父も、みな寂しく、すこし可笑しい。

これらの風景はたしかに古めいていて、セピア色の写真を見るようだが、けっして滅びてしまった風景ではない。こころの奥底に誰もが持っている悲哀と鬱屈が、これらの歌に触発されて鮮やかに蘇ってくる。「家族」とは、制度のなかで変質してゆく部分はあるが、血につながる人間としての情感には古今東西を問わず通うものがあり、これからも大きくは変化しないのではないだろうか。

啄木の歌は、友人であった土岐善麿（当時は哀果）の三行書きをいち早く取り入れ、いきいきとした口語を駆使して、衒いのない素の家庭生活をさらけだした。家族の濃い人間関係を克明に描き出し、時代の表情を家族のひとりひとりに投影し、よく捉えた。

二十六歳という短命は、ほんとうに惜しまれる。百歳を越えた双子として有名になった成田きんさん、蟹江ぎんさんは明治二十五年（一八九二）生まれで、啄木と同世代だ。そこまでの長命は望まないとしても、明治、大正、昭和と移り変わる時代を、その家族を、啄木が生きていたら、どのように詠い残しただろうか。いまもなお身近に感じられる珍しい近代短歌であり、近代歌人である。

三　近代の家族の歌

I　[死に近き母に添寝のしんしんと]

落合直文

父君よ今朝はいかにと手をつきて問ふ子を見れば死なれざりけり　『萩之家歌集』

明治期の「家族の歌」というと、近代短歌の源流となる歌人落合直文のこの一首がまず思い浮かぶ。旧派和歌から脱して近代的な和歌の改革を図り、明治二十六年（一八九三）に「あさ香社」を創設し、與謝野鉄幹、金子薫園、尾上柴舟らとともに、新しい歌の模索、実験などをした直文の功績は計りしれない。

新しいといえば、「砂の上にわが恋人の名をかけば波のよせきてかげもとゞめず」（「明星」創刊号、明治三十三年）という歌で、「恋人」という言葉を短歌史上はじめて用いたことでも知られている。

直文は、王朝風の花鳥風月の抒情にとどまらない親子の情愛や病床詠にも新境地を開いた。

掲出歌は、明治三十二年（一八九九）の作で、直文が亡くなる四年前に詠まれたものだ。この二、三年前から糖尿病を患い、健康がすぐれず、千葉、静岡、神奈川と転地療養を続けていた。

幼いわが子がきちんと畳に手をついて、病床にある父に「今朝のご気分はいかがですか。」と問う様子が写されている。「父君」という呼称にも時代がよく出ている。こんなに礼儀正しく父親に向かう風習は、いまはすっかり絶えてしまっている。「死なれざりけり」には、まだ幼い吾が子を庇護し、育ててゆきたいという父親の必死な心が込められている。そのとき、直文は三十八歳であった。現在ならば、まだまだ若い父親といっていい年齢だ。離別した先妻の子が二人、いずれも男の子で、後妻との子が一男一女。そして、夭折した子もあった。このように、直文は家庭的には決して幸せではなかった。掲出歌の子は、当時七歳の長女澄子といわれている。

寝もやらで志はぶくおのが志はぶきにいくたび妻の目をさますらむ　（同）

家族の歌は、落合直文の三期に分けられる作風のなかでも、もっとも近代的な要素を含むものであった。国士風、王朝風、生活詠風と分けられる直文の歌業のうちで、日常から取材した生活の歌が、以後の近代歌人の歌の礎になったのは確かだろう。直文は二十二歳で、養父落合直亮《なおあき》の次女竹路と結婚し、二年後に長男が誕生した。

明治三十年前後から療養生活にあった直文を、妻の竹路はどのように看取ったのだろうか。具体的には分からないが、「父君」と子に呼ばせ、朝ごとの挨拶をきちんと躾けたことを思えば、賢母であり、良妻であった面影が偲ばれる。「いくたび妻の目をさますらむ」といういたわりの言葉は、そうでなければ出てこないだろう。

伊藤左千夫

両親《ふたおや》の四《よ》つの腕《かひな》に七人《ななたり》の子を掻《か》きいだき坂路《さかぢ》のぼるも　『左千夫歌集』

明治四十一年（一九〇八）の作品で、父親を中心にしたにぎやかな大家族の姿が髣髴する。左千夫は十三人の子供をもうけたが、うち四人の男の子はことごとく喪った。四十九歳のときに、生後十三日で病没した三男究一郎を詠った、

いきの緒《を》のねをいぶかしみ耳寄せて我が聞けるとにいきのねはなし　（同）

という一首は、「汝が命を哀れみ、汝が俤と汝が名とを永遠に慕ふもの、この世に於て只汝が父と母とあるのみ」と続く哀切な詞書をともなう「招魂歌」一連のなかにある。このときすでに、二人の男子が亡くなっていた。

左千夫の子を思う気持ちはことに強く、

かにかくに土にも置かずはぐゝめば吾命《わがいのち》さへそこにこもれり　（同）

と、全面的に子への情愛を歌に披瀝し、家族の芯に子供を据えている。

掲出歌は、長女妙が十五歳のころのもので、そのころは女の子ばかり七人の子があった。明治四十一年十月号の「アララギ」に発表された「心の動き」一連十三首のなかにある。

左千夫は明治三十三年（一九〇〇）に正岡子規の門に入り、子規の短歌革新に深く感じ入り、その歌に心酔した。師の没後は根岸短歌会の機関誌として「馬酔木《あしび》」を創刊。のちに「アララギ」に拠り、その中心的存在として繁栄の礎を築いた。子規に入門した当初は、柿本人麻呂ふうの万葉調を手本に、おおらかな調べの益荒男《ますらお》ぶりを摂取していたのだが、徐々に山上憶良ふうの生活に根ざした感慨を好んで詠むことになる。

先の歌は、こうした歌の傾向をよく反映している。「四つの腕《かひな》に七人《ななたり》の子」だから、整然と静かに歩けるはずはなく、まして坂道であるから後に先に親子が乱れつつ、がやがやと行く左千夫家族のほほえましい一団が思い浮かぶ。日本の古い、温かい家族の像が見え、なつかしい。


暫《しば》くを三間《みま》打抜《うちぬ》きて七人《ななたり》の児等《こら》が遊ぶに家《いへ》湧《わ》きかへる　（同）

と、夕食後の活気に満ちた様子をとらえた歌も同じ一連にあり、家族のもっとも家族らしい時期がいきいきと描き出されている。子煩悩で、ものにこだわらない、大らかな父親像が印象的だ。

よきもきずうまきも食《く》はず然《しか》れども児等《こら》と楽《たの》しみ心足《こころた》らへり　（同）

『万葉集』にある山上憶良の「子等を思ふ歌」に通じる思いが詠まれている。「銀《しろがね》も金《くがね》も玉も何せむに優《まさ》れる宝子にしかめやも」（巻第五・八〇三）に見られる、古来不変の深い親心を偲ばせる。よい着物を着ることもなく、美味しいものを食べることがなくても、子供たちが楽しそうに笑み、ともににぎやかに遊べば、どんなに浮かない心も軽くなり、たちまちに満ち足りる。

七人《ななたり》の児等が幸《さき》くば父母はうもれ果《は》つとも悔《くい》なくおもほゆ　（同）

児《こ》をあまた生《う》みたる妻《つま》のうらなづみ心《こころ》ゆく思ひなきにしもあらず　（同）

子供を十三人も産むということは、どんなに心身が消耗するものだろうか。同じ女性としても、とても想像できない。まして、けっして体験することのない男性にはまったくの謎だろう。左千夫は、子沢山で育児に明け暮れる妻の、わだかまって心が楽しまず、うつうつと思い悩む姿に困惑している。その、うらなずむ心がすこしずつ晴れて、かすかに解けてゆく気配がないとはいえないと、控え目に回復の兆しを詠んでいる。

「父母は埋もれ果《は》つとも悔《くい》なくおもほゆ」と左千夫は詠ったが、妻の心はまた別のところにあったのだろう。当時の女性の置かれた弱い立場を思うと、単純に子沢山が幸せともいいきれない鬱屈が感じられる。

與謝野鉄幹

子《こ》の四人《よたり》そがなかに寝《ぬ》る我妻《わがつま》の細《ほそ》れる姿《すがた》あはれとぞ思《おも》ふ　『相聞』

この歌も、左千夫の「両親《ふたおや》の四つの腕《かひな》に七人《ななたり》の子を掻《か》きいだき坂路《さかぢ》のぼるも」と同様に、つぎからつぎへと増える子の数を詠み込んで、明治期の大家族の姿を浮き彫りにする。それとともに、やせ衰えてゆく妻の姿を哀れに思う作者だ。鉄幹は、生活をささえるべき夫としての務めをまっとうできない自己の不甲斐なさと、よく耐えて育児と貧困に立ち向かっている妻の健気さを心に痛く受け止めている。與謝野鉄幹、晶子夫妻は十二人の子を成し、内ひとりを失っている。

明治四十三年（一九一〇）三月に上梓された『相聞《あいぎこえ》』は、釋迢空に「『相聞』の鉄幹は技工において、ほとんど、及ぶ人の稀なところまで、短歌史上の位置に上がった」と大いに認められた。とくに「人生的であるよりも、芸術的である」と評されたが、この集には子供を具体的に詠んで、心に残るものがある。四十二年（一九〇九）に暁星小学校に入学した長男光を詠った、「さびしげに群《むれ》をはなれて小学《せうがく》の庭《には》に立てるは父《ちち》に似《に》るかも」という歌も収録されている。

あたたかき飯《いひ》に目刺《めざし》の魚《うを》添《そ》へし親子《おやこ》六人《むたり》の夕《ゆふ》がれひかな　（同）

この歌が載っている歌集『相聞』は明治四十三年（一九一〇）に刊行されたが、明治三十八年ごろから、與謝野鉄幹は名を「寛」として、号を廃止している。明治四十二年後半には、生活が逼迫して夫婦の仲も悪化したといわれる。「しめやかに別れむと云ふものがたり五人の児を中に居させて」（「スバル」五号）という寛の歌や、「別《わか》れむと云《い》ふまじきこと一《ひと》つ云《い》ひ債《おひめ》つくりぬありのすさびに」（『春泥集』）という晶子の歌にその状況が偲ばれる。しかし、晶子の寛への愛情はもっと奥行きが深く、家計の窮乏するなかで歌集の出版や洋行をうながすことになった。

つつましい夕食の卓には、あたたかいご飯と目刺がある。険悪な諍いのあとだとしても、あたたかい食事のさざめきのなかに心身がゆったりと溶けて、ひとときの平安が訪れたことだろう。

島木赤彦

日の下に妻が立つとき咽喉《のど》長く家のくだかけは鳴きゐたりけり　『切火』

大正四年（一九一五）三月二十五日に出版された『切火』は、二六四首を収めた第二歌集。赤彦は長野県諏訪郡の視学官を辞め、上京して小石川上富坂町で「アララギ」の編集に携わることになる。その上京に臨んでの一首が掲出歌。

この歌のころ、赤彦は三十九歳で、四男三女があった。二十三歳で久保田うたと結婚したが、長男政彦が一歳になるころ、うたは没した。二十七歳で、その妹のふじのと再婚し、三、四年後には養鶏業を始めることになった。「くだかけ」はその養鶏場の鶏のことだ。「咽喉《のど》長く」伸ばして鶏が鳴く様子は、上京する赤彦に別れを告げているようでもあり、また上句の「妻が立つとき」に重ねて読むと、夫を送る妻の悲哀を帯びて長く鶏の声が響くようにも聞こえる。

夫婦の姿の背景に、広丘小学校への単身赴任にともなって、三十四歳ごろから始まった赤彦の恋愛が影を落としていると見る読み方もある。

むらぎもの心しづまりて聞くものかわれの子どもの息《いき》終るおとを　『氷魚』

赤彦の第三歌集『氷魚』は大正九年（一九二〇）の刊。先妻うたとの間の子の政彦は幼少から弱く、十四歳のときには一時失明する。「この父の顔見ゆるかとむごきこと問ふと思ひて問ひにけるかも」（『切火』）という歌もある。政彦は十七歳のときに、病気治療のために信濃から上京していたが、鼻の手術のあと、盲腸炎になり、亡くなった。

子をまもる夜のあかときは静かなればものを言ひたりわが妻とわれと　（同）

など、逝く子を詠った一連は、木下利玄が「感情に甘えてながれたいところを堪えて、じいっと事象に喰い入っている」と絶賛した。ここに挙げた一首も、溢れようとする情感をおしとどめて、絶えがたい一瞬を冷静に描写していて哀切だ。

田舎の帽子かぶりて来《こ》し汝《な》れをあはれに思ひおもかげに消えず　（同）

という政彦をしのぶ歌も素直な情の流れが心を打つ。

隣室に書《ふみ》よむ子らの声きけば心に沁みて生《い》きたかりけり　『柿蔭集』

赤彦は明治九年（一八七六）生まれで、亡くなったのは大正十五年（一九二六）、五十一歳だった。大正十四年ごろから体調がすぐれず、すでに癌の病状がかなり進行していた。この歌を含む一連「恙《つつが》ありて」の詞書には、「二月十三日帰国昼夜痛みて呻吟《しんぎん》す。肉痩せに痩せ骨たちにたつ」とある。

赤彦が臥せっていたのは、新築まもない部屋だったという。隣室からは、本を読む子供たちの声が聞こえてくる。音読をする子供たちということになれば、これは四男の夏樹と三女みを、当時十五歳と十七歳の子供ということになる。

一首だけから見ると、まだ幼い子供たちの無邪気な声を想像するが、じつは、事情をよく知っている子供たちが声を落として書を読んでいると見たほうがいいのだろう。「生きたかりけり」

という直情的な結句が、しみじみと心を打つ一首だ。家長としての責任と、子への情愛が交錯している。

窪田空穂

われや母のまな子なりしと思ふにぞ倦みし生命《いのち》も甦り来る　『まひる野』

この歌は、明治三十年（一八九七）に亡くなった母を偲んで詠った一連「藤衣」のなかにある。亡き母は、当時六十歳だった。

生きてわれ聴かむ響かみ棺を深くをさめて土落す時　（同）
鉦鳴らし信濃の国を行き行かばありしながらの母見るらむか　（同）

という作品も、「藤衣」のなかに見られる。空穂は、父母に対する厚い信頼と敬愛の念を持っていた。とくに母への思いは深く、どんなに生きることに疲れ、心弱っていても、この母のいとし子であったことを思い返せば、心身がたちまちに蘇るようだという。

生まれたる我に見入りて父と母静けき笑みを浮かべましけむ　『さざれ水』
父母のその身分てる我なりと年に一日《ひ》の今日は思はむ　（同）

という歌にも、絶対的な信頼感が漂っている。

空穂は、明治十年（一八七七）、長野県東筑摩郡（現在の松本市）に生まれた。父庄次郎が四十二歳、母ちかが四十歳のときの子で、末子だった。母が亡くなったとき、空穂は二十一歳。文学をめざして十九歳で上京し、東京専門学校（現早稲田大学）に入るが、行き詰まって退学し、実業を志した。しかし、これも挫折するといったように、心挫けずにはいられない時期だった。自分を無条件に受け入れてくれる母の死は、どんなにかつらかったことだろう。

空穂の両親を思う言葉がある。「私の第一の恩人は両親である。母は無性に末っ子の私がかわゆく、ねこかわいがりにかわいがってくれた。母を思うと、自分を大切にする気が起こって来たことが何べんもあった。父は窮乏に堪えて生きてゆくことを教えてくれた。窮乏に処する心得である。父の顔は胸を離れなかった。」（『私の履歴書』）。

笑ふより外はえ知らぬをさな子のあな笑ふぞよ死なんとしつつ　『鳥声集』

空穂の次女夏は、一歳にも満たずに結核性の脳膜炎で亡くなった。亡くなるときの様子を妻藤野が日記に書き残している。

「やがて夏ちゃんが身動きしたと思ふたら、閉ぢた口を大きく開いて舌を動かして笑つた。あと思ふと、（略）さつと顔色が変つて、息が絶えた。優しい眉と眼、可愛いい口元をしてゐるが、もう手も足も頭も冷たくなつてしまつた。」（『亡妻の記』）

当時の庶民の生活は経済的にも厳しく、医療も未熟で死亡率が高かった。大正初期の平均寿命は、男子が四十四歳、女子が四十五歳で、平成十五年（二〇〇三）の男子七十八歳、女子八十五歳とは大きな隔たりがある。乳幼児の死亡も、大正四年（一九二五）には1000人中160人が死亡という記録がある。現在は1000人中3人である。多くの幼い命が失われていった。まだ幼くて、笑うことよりほかには、複雑な感情を表現することがない嬰児。その死の際の無垢な微笑みは、父である空穂の心に深く刻まれたことだろう。「え知らぬ」「あな笑ふぞよ」という抑制された詠嘆のなかに、子への情愛が強く滲む一首だ。

かへり見て我に附き来る妻子《つまこ》らを春の大路に見つつさびしき　『泉のほとり』

「彼女は私は愛してゐるが、私の職業は愛しては居ない。もつと安定な、もつと明るい、そして出来得べくば、もつと静穏な生活を欲してゐる。」

この言葉は、平成十七年（二〇〇五）十二月に上梓された『亡妻の記』のなかにある。また、同書に、文筆を志してこれという職業を持たなかったころに、家族で植物園に行った際の妻の言葉が記録されている。「ああいふ所へ行つて見ると、あなたつて人が、みすぼらしい、何でもない人に見えますねえ。」ということは、妻は空穂が特別な人物であることを信じているということだ。空穂はそのことを、「私の中に何らかの尊ぶに値するものでもあるやうに思つてゐるのである。私は何よりも妻をあはれむ心にされてしまつた。」と書き残している。

掲出歌は、このような一家の柱としての自己の力不足を省みて、忸怩《じくじ》たる思いにかられる男性の微妙な心理を捉えている。「かへり見て」という何気ない動作、場所は大路、時は春。穏やかな風景だが、「我に附き来る妻子《つまこ》」を見て、「さびしき」と思うまでの心の落差がむりなく、しかも十全に伝わってくる。自分のようなものを頼りにして、妻も幼子も無邪気に屈託なくついてくる。そのことが、作者のあわれを誘うのだ。

いったいに、歌に表われる明治の男性は、「家長」という厳しい権力的な印象とはほど遠く、妻や子に対する哀れみの情が強く前面に押し出されている。短歌という形式がそうさせるのか、短歌をつくる人の資質が影響するのか、やさしい含羞に満ちた「家長」の表情が印象的だ。

わが父のちんどん屋にておはしなば悲しからむとちんどん屋見つ　『郷愁』

空穂は、父庄次郎を心の底から敬っていた。「わが指の高き節《ふし》見よ、世に経るは難《かた》しといひて手を見せし人。」(『青みゆく空』)も前後の歌から、父を詠んだのではないかといわれ、この父の生き方を頼みに不遇な時代も乗り切った。

当時の「家長」としての父は一家の決定権を持ち、長子融《みち》太郎の婚姻についても、「家」の将来を慮って独自に決定し、本人の意思を尊重することはなかったという。

「父は、聞いて暫くすると意見を云った。それは簡単で、イエス、ノーの程度のものであった。しかし、その一言は、私の家では鉄則であった。父の言葉は何時も穏やかであったが、私は母が押し返して云うのを聞いたことがなかった。」(「農家の子として受けた家の躾」、『窪田空穂全集』第六巻)。

夫婦の日常がうかがえる場面だ。理想的な父親像というものが、このような日常から空穂のなかに確立したのだろう。空穂は本名を通治といい、父寛則は学識豊かな篤農家であった。


親といへば我ひとりなり茂二郎《しげじらう》生きをるわれを悲しませ居よ　『冬木原』

これは昭和二十一年(一九四六)の作品で、「八月一日、中国より復員の最終船浦賀に入れるに、必ずやその中にあらんと思へる次男茂二郎、終に還らず。わが心甚だ悲し」という詞書がある。このとき、作者は七十歳となっていた。帰還船がつぎつぎと入港し、その最後の便が入ってきたが、次男は乗っていなかった。翌年、帰還した友人によって、このころにはすでに、シベリアのチェレンホーボの捕虜収容所において病死していたことが告げられる。

茂二郎は、空穂が四十二歳のときの子で、亡くなった先妻藤野の妹操と再婚して誕生した子であった。操とは十年余で離婚している。次男は身体も弱く、母とも離別する悲哀を味わっており、空穂にとって、ひときわ心にかかる子であっただろう。虚弱であったにもかかわらず応召され、戦地に赴いたのだった。

「親といへば我ひとりなり」というのは、母操が離別後すでに亡くなっており、茂二郎の親は父である空穂だけとなっていたからだ。生きて、肉親としての痛切な悲しみを悲しみうるのは自分だけだという思いがある。この耐え難い悲しみによって、次男と父である自分が強く繋がっているという自覚があるのだろう。「茂二郎」という呼びかけが歌の真中に位置していて、鮮烈だ。誰にも劣らない悲痛がそのまま強い親子の絆の証となっている、悲しみに満ちた一首だ。

老ふたり互に空気となり合ひて有るには忘れ無きを思はず　『去年の雪』

窪田空穂が、九十歳で上梓した第二十二歌集のなかの一首。この歌集を一月に出版したあと、四月十二日に発熱し、心臓衰弱のために亡くなった。明治生まれとしては稀に見る長寿で、掲出歌はその面目躍如とした老夫婦の心境が詠われている。

老夫婦は、たがいの存在がもうすでに空気のごとくであって、あることすらも忘れてしまう。そして、たがいが存在しないことなど思いもしないのだという。長く連れ添うと、まさにこのとおりの心境になるが、卒寿に近い夫婦の場合は殊更だろう。伴侶の突然の病気に動転して、あらためてその存在が掛け替えのないものであることに気がつくこともままある。この歌は、長寿の夫婦であるからこそ、奥行き深く、滋味ゆたかに詠むことができた一首だといえよう。「家族」の最終章を迎えた老夫婦の、自然で、平穏な日常が浮かび上がってくる。

斎藤茂吉

死に近き母に添寝《そひね》のしんしんと遠田《とほた》のかはづ天《てん》に聞《きこ》ゆる　『赤光』

大正二年（一九一三）に詠まれた作品で、「死にたまふ母　其の二」、十四首中にある。ほかには、

母が目をしまし離《か》れ来て目守《まも》りたりあな悲しもよ蚕《かふこ》のねむり　（同）

のど赤き玄鳥《つばくらめ》ふたつ屋梁《はり》にゐて足乳《たらち》ねの母は死にたまふなり　（同）

などを含む一連で、どの歌にも、死にゆく母を見守る茂吉の悲痛な思いが濃く漂っている。

母の死期が迫って帰郷した作者は、夜もそばに付き添って寝たのだろう。夜がしんしんと更けて、あたりの物音が絶えた。その深い静寂のなかに、遠い田んぼに鳴き交わす蛙の声が響きわたり、まるで天上から聞こえてくるようだったという。

「しんしんと」という語が夜の静けさとともに、作者の強い不安感を表わしていて効果的だ。結句の「天《てん》に聞《きこ》ゆる」は、広く深く暗い夜の空を連想させ、また抗いがたい天の摂理をも思わせて、

一首を引き締めている。

近代の男性歌人の母の歌は、おおむねこうした強い母恋いの趣を帯びている。「家」制度のあった時代に、さまざまに苦労する母親を身近に見ていたということもあろう。母への情の寄り添い方は、現在とは大きく違う。絶対的な母への愛情は時代を経るごとに、その濃度を失っていくように思われる。

あはれあはれ電《でん》のごとくにひらめきてわが子等《こら》すらをにくむことあり　『白桃』

子を慈しむ思いはどの親も変わりはないが、現実には、そうもばかりいってはいられないときがある。突然に子への憎しみが湧き起こり、われにもなく苛立つ親の思いを、じつに正直に直叙した一首だ。こうした偽りのない本心の吐露が、茂吉の歌がどんと重く身に響くゆえんにもなっている。実感を美化せず、そのまま差し出して、生の手触りと混沌を表現する方向へと、明治後期の文学は流れてゆく。茂吉については、芥川龍之介の「単に大歌人たるよりも、もう少し壮大なる何ものかである」との言が印象に残る。

掲出歌の「電《でん》のごとくに」というのは、瞬間的にひらめいた怒りを稲妻の光にたとえているわけで、いつまでもあとを引く憎しみではない。「わが子等《こら》すらを」とあるように、普段はわが子がかわいいのだ。同じ歌集には、

四《よ》たりの子そだてつつをれば四《よ》たりとも皆ちがふゆゑに楽しむわれは　（同）
をさな児《こ》のただに遊ぶをわが聞けばわが稚児《をさなご》もまじり居るらし　（同）

という歌もある。

茂吉は三十二歳で斎藤輝子と結婚し、二年後に長男、十一年後に長女、十三年後に次男、そして十五年後の四十七歳で、次女をもうけている。掲出歌のころは四人の子があり、一番下は次女昌子で、四歳ぐらいだった。

前田夕暮

まのあたり母をさいなむわが父のむごさをみなれおひたちにけり　『疲れ』

夕暮は、明治十六年（一八八三）に神奈川県の小南に生まれた。豪農で、「小南から弘法山まで他人の土地を踏まずに行ける」とまでいわれるような、広大な田畑山林を持つ資産家の元に育った。父久治は三男四女の子を持ち、多くの使用人を雇い、大家族を支えてゆく。常に気難しく、口ひげをふるわせながら語気荒く振舞い、人々に恐れられていたようだ。母イセは温厚なやさしい人柄で、この横暴な夫によく仕えたという。二十歳で夕暮を生み、四十五歳で他界してしまう。

幼心に刻まれた母の面影は、それゆえにいっそう美化され、なつかしく思い出されたのだろう。歌はそのことを、衒いなく、そのままに表現している。さらりと詠まれているだけに、幼い胸に沁みこんだ寂しさが、じんわりと滲み出すようだ。近代の典型的な夫婦のあり方、家庭のあり方が、子供の目を通した追憶として描かれている。夕暮は六十八歳で亡くなるが、その死のひと月前に詠まれたという歌、

わが母の手に抱かれしぬくとみのわれの体のどこかに残りて　「試作」（遺稿）
庭畑の小松菜の花さきたればわが思ひいづ遠き日の母　（同）

なども、はるかに昔の母の姿をなつかしむ気持に溢れており、母恋いの深さをあらためて思わせる。

わが父《ちち》のかたみの着物《きもの》みにつけてしみじみ冬《ふゆ》を迎《むか》へけるかも　『原生林』

前田夕暮の父久治は、大正六年（一九一七）九月、五十八歳で亡くなった。このときから、夕暮は前田家の戸主としての全責任を負うことになる。さらに三年後、祖父も亡くなり、夕暮自身が山林事業に全面的に携わることになって、歌壇からしばらく遠ざかった。家業に専念して、はじめて気難しかった父の心のうちが分かり、形見の着物をしみじみと着たのだろう。大資産家の

家長としての責任の重さはいかばかりか、現在では想像だにできない。

結句の「冬《ふゆ》を迎《むか》へけるかも」という言葉も、単に現実の季節がそうであったということよりも、これから先行き厳しい家業の運営と家長の重みに耐えられるだろうか、という問いが背後にあるように思われる。

夕暮には、

木に花咲き君わが妻とならむ日の四月なかなか遠くもあるかな　『収穫』

という、妻を迎えるときの初々しい相聞歌があり、季節も心境も掲出歌と対照的だ。

若山牧水

わが如きさびしきものに仕へつつ炊《かし》ぎ水くみ笑《ゑ》むことを知らず　『秋風の歌』

若山牧水は明治十八年（一八八五）生まれで、祖父、父、ともに医師であった。三人の姉があったが、男子は牧水ひとりで、当然、家のあとを継ぎ、家長として一家を守っていく立場にあった。だが、文学を志して上京し、早稲田大学英文科を終えるが、ついに故郷に帰り、家を継ぐということはしなかった。二十八歳で太田喜志子と結婚するが、酒と旅に明け暮れた牧水が家庭を顧みることはほとんどなかったようだ。

「わが如きさびしきもの」というのは、文学に明け暮れて、生業を持たない甲斐性のない男ということもあろう。家長として生活力の乏しかったことは、近代の家制度のなかでは、いっそう強いプレッシャーとなっただろう。また、青年時代の長く苦しい恋愛問題を引きずっている自分、という負い目もあるだろう。

「幾山河越えさり行かば寂しさの終《は》てなむ国ぞ今日《けふ》も旅ゆく」「白鳥《しらとり》は哀《かな》しからずや空の青海のあをにも染まずただよふ」（『海の声』）という歌のように、根源的な人間の寂しさをも含むかもしれない。

結句の「笑《ゑ》むことを知らず」に、心楽しまない妻の様子が出ている。「かへり見て我に附き来る妻子《つまこ》らを春の大路に見つつさびしき」（窪田空穂『泉のほとり』）と同質の寂しさが漂っている一首だ。とくに近代の男性に共通する思いなのだろう。

疲れはてて帰り来《きた》れば珍しきもの見るごとくつどふ妻子《つまこ》ら　『さびしき樹木』

大正七年（一九一八）に上梓された第十一歌集にある一首。この歌集には、大正六年の夏から秋にかけての歌が収録されている。同時期に上梓された第十歌集『白梅集』には、妻子らを怖れつつおもふみづからのみすぼらしさは目も向けられず　『白梅集』

という歌もあり、心身ともにすぐれない牧水の憔悴した様子がうかがえる。

牧水の子は四人いるが、次男富士人と次女真木子は、このころ、まだ誕生しておらず、長男旅人四歳、長女岬子が二歳まぢかであった。まだ幼くて頑是ない子らはしばらく会わないだけで、父の顔を忘れたのかもしれない。忘れることはないとしても、抱きついてゆくような親しみを失っていたのだろう。「珍しきもの見るごとく」という言葉がよく利いている。めったに会わない人のように、久しぶりに旅から帰ってきて疲れ果てている父を迎えつどったのだ。集中には、

父の眼《め》のつめたき光うつつなき児《こ》にもわかるか見ればさびしげ　『さびしき樹木』

という歌もあり、初期のころの歌「ああ接吻《くちづけ》海そのままに日は行かず鳥翔《ま》ひながら死《う》せはてよいま」（『海の声』）といった生の輝きとは、かけはなれている。

II　［不和のあひだに身を処して］

石川啄木

友《とも》がみなわれよりえらく見《み》ゆる日《ひ》よ
花《はな》を買《か》ひ来《き》て
妻《つま》としたしむ

『一握の砂』

啄木は十九歳で堀合節子と婚約し、二十歳で結婚する。このころ、父一禎は宝徳寺の住職を罷免され、紆余曲折の末、啄木は妹と北海道に渡り、一家は離散することになった。この歌が作られたのは、上京後、ふたたび父を交えて一家がともに暮らしていた明治四十三年（一九一〇）十月十三日の夜だった。この十月四日には長男が誕生したが、わずか十三日間の命で、二十七日には亡くなっている。これだけでも不安定な心の状態が浮かび上がるが、人よりも気持ちの振幅がはげしい啄木は、極端な自負と絶望のあいだをつねに揺れ動いた。気分の落ち込んだときの心情が、物と行動によってわかりやすく表現されており、いまでも多くの人の共感を呼ぶ作品となっている。

神童と呼ばれるほど優秀だった啄木だが、盛岡中学を退学して以来、同窓生の進学や就職を耳にするたびに心弱くなり、俯くことも多かったにちがいない。ふだんは邪険にあつかっている妻節子にも、こうしたときだけは、唯一の味方として、心を預け、慰めあう家族としての親しみを持ったのだろう。やはり、最後の心の拠りどころとしての家族の存在は、いまも、近代も、まったく変わりないのだということを物語っている。

「人《ひと》といふ人《ひと》のこころに／一人《ひとり》づつ囚人《しうじん》がゐて／うめくかなしさ」「叱《しか》られて／わつと泣《な》き出《だ》す子供心《こどもごころ》／その心《こころ》にもなりてみたきかな」(『一握の砂』)という心境は、家族のなかで、徐々に癒されてゆくものだろう。

人《ひと》みなが家《いへ》を持《も》つてふかなしみよ
墓《はか》に入《い》るごとく
かへりて眠《ねむ》る

(同)

これも明治四十三年(一九一〇)十月十三日の作品。『一握の砂』の五五一首のうち八割が、四十三年の作品だという。この歌の一首前は、

夜明《よあ》けまであそびてくらす場所《ばしよ》が欲《ほ》し
家《いへ》をおもへば

こころ冷たし　　　　　　　　　　　　　　（同）

であり、家庭生活に難渋する若い啄木の苦しさが滲む。このころ、母かつと妻節子の折り合いが悪く、家が重苦しい雰囲気に満ちていた。

ふがひなき
わが日《ひ》の本《もと》の女等《をんなら》を
秋雨《あきさめ》の夜《よ》にののしりしかな　　　　　　　（同）

という歌は、日本女性の、主に思想的な成熟度の低さを嘆くものだが、これは身近に引き寄せれば、嫁姑の争いに時を費やす妻や母の言動への批判にもつながるだろう。家庭は古代、近代を問わず、やはり、女性の心の持ちようによって、かなり左右される。経済的苦悩に加えて、母と妻の争いが重なり、

解《と》けがたき
不和《ふわ》のあひだに身《み》を処《しよ》して、
ひとりかなしく今日《けふ》も怒《いか》れり。　　　　『悲しき玩具』

猫《ねこ》を飼《か》はば、
その猫《ねこ》がまた争《あらそ》ひの種《たね》となるらむ、
かなしきわが家《いへ》。

（同）

となるのだ。

放《はな》たれし女《をんな》のごとく、
わが妻《つま》の振舞《ふるま》ふ日《ひ》なり。
ダリヤを見入《みい》る。

（同）

この歌には二通りの解釈がある。一つは、放逐されて行き場のない女のように心弱い妻の振る舞い、ととる解釈で、これは啄木自身を詠った、「放たれし女のごときかなしみをよわき男の感ずる日なり」に基づいている。もう一つは、女性の自立の意識を背景に、解放された女のように奔放に振舞う妻、ととる解釈だ。

結句の「ダリヤを見入《みい》る」という啄木の行動は、後者の解釈のほうによりよく合うだろう。ダリアはメキシコ原産で、江戸時代以後に普及したという。比較的新しい花であり、そのあでやかな姿から、明治四十四年（一九一一）に創刊された「青鞜」によって巻き起こる「新しい女」の影響を、ダリアの花の斡旋に連想してもおかしくはないだろう。ふだんは、

女《をんな》あり
わがいひつけに背《そむ》かじと心《こころ》を砕《くだ》く
見《み》ればかなしも

『一握の砂』

と詠まれるような、慎ましい妻節子の姿とはやや趣の違った、一日の姿が詠まれているのではないだろうか。

母は宮崎郁雨に啄木の妹の光子を嫁がせたかったのに、啄木の妻節子の妹ふき子が嫁いでしまったということが、家族間で長く尾を引いていた。こんな背景もダリアの歌にはあった。

ダリアを詠った例では、茅野雅子に、「うつくしき謎のやうにも眼の前にびろうど色の緋のだりやさく」「だりやだりや心知りてか此の朝《あした》まつ赤にさけり唇づけてまし」（『金沙集』）といった作品がある。当時、「ダリヤ」がどのように見られていたかがうかがえる。

その親《おや》にも、
親《おや》の親《おや》にも似《に》るなかれ——
かく汝《な》が父《ちち》は思《おも》へるぞ、子《こ》よ。

『悲しき玩具』

この歌に見られる感情は現在でも多くの人が経験しており、変わらぬ共感を呼ぶだろう。啄木の場合は、虚言癖があり、他者に信頼を持たれない自分の性格や、世渡りが極端に下手で、経済的苦労が絶えないこと、これは父一禎も同様で、病弱なことなどを指して、父である自分にも、祖父である自分の父にも、似てはいけない、と子に望んでいる歌だ。

自負に満ちた強い思いに溢れると同時に、自己の弱さ、汚さに胸の塞がることの多かった啄木の心の振幅がうかがえる。病が治る見込みは薄く、力なく横たわっている晩年の啄木の気弱さが思われる。結句の「子よ」という呼びかけに、切ない父の願いがこもっている。

何思《なにおも》ひけむ――
玩具《おもちゃ》をすてておとなしく、
わが側《そば》に来《き》て子《こ》の坐《すわ》りたる。

お菓子《くわし》貰《もら》ふ時《とき》も忘《わす》れて、
二階《にかい》より、
町《まち》の往来《ゆきき》を眺《なが》むる子《こ》かな。

（同）

と、なにげない子供の仕草を、やさしい父の情愛をもって歌いとめている作品もある。

かなしきは我《わ》が父《ちち》！

今日《けふ》も新聞《しんぶん》を読《よ》みあきて、
庭《には》に小蟻《こあり》と遊《あそ》べり。　（同）

啄木の父石川一禎は、岩手県の日戸《ひのと》村の曹洞宗常光寺住職から、岩手県渋民村（現在の岩手郡玉山村）の宝徳寺の住職となった。その後、宗費の滞納のために住職を罷免され、ついに住職への復帰はかなわないまま、明治四十二年（一九〇九）、上京して本郷弓町の啄木方に落ち着く。

「石《いし》をもて追《お》はるるごとく／ふるさとを出《い》でしかなしみ／消《き》ゆる時《とき》なし」「かにかくに渋民村《しぶたみむら》は恋《こひ》しかり／おもひでの山《やま》／おもひでの川《かは》」（『一握の砂』）など、啄木の望郷の歌が思い出される。

明治四十四年、啄木が亡くなる前年には、一家のあまりの経済的窮状と感情的な不和から、父は家を出ることになった。このころは文京区小石川へ転居していたが、節子の肺尖カタル、母の結核、啄木の慢性腹膜炎や肺結核と、一家はみな病に倒れ、惨憺たる有様となっていた。それでも、父は何の援助をすることもできなかった。

「かなしきは我《わ》が父！」の「！」に、言葉にならない万感の思いがこめられている。もう仰臥のままで、外出などの自由がきかなかっただろう啄木が、新聞を読み倦き、小蟻と遊ぶ父の背を終日見つめている様子がうかがえる。

ある日《ひ》、ふと、やまひを忘《わす》れ、
牛《うし》の啼《な》く真似《まね》をしてみぬ、――

妻子《つまこ》の留守《るす》に。　『悲しき玩具』

という歌は、困窮極まったときの人間のとっぴな行動が写されていて、おかしくも物悲しい。啄木の家族の歌は、どれも衒いのない本音がそのまま晒されていて、胸に迫り、近代の歌という古さをまったく感じさせない。

いうも無残な啄木一家の不幸の連続のなかに、「家族」の切り離しがたい濃密な関係が浮かび上がる。啄木の歌は、離れては寄り集まり、寄り集まっては離れる、その隔絶と密着のなかで揉みくちゃになる、近代の一家族のなまなましい心の記録である。

岩谷莫哀

わが父は人に愛され世わたりに敗れて死にき吾はその子ぞ　『春の反逆』

啄木の歌に、「その親にも、／親の親にも似るなかれ――／かく汝《な》が父は思へるぞ、子よ。」という作品があるが、この一首からは、子供の側から父の生き方を見つめ、それを自分の人生に重ねて、深い感慨を覚えている作者の姿が髣髴する。

岩谷莫哀は明治二十一年（一八八八）生まれ、尾上柴舟に師事した。九歳で母を亡くしている寂しさは、長く莫哀の歌の背後に揺曳することになる。また、父も二十二歳で失う。自身も結核となり、昭和二年（一九二七）、三十九歳の若さで亡くなった。莫哀には、

日夕にせまれる吾子が玉の緒のひそやかなれや泣きごゑもせぬ　『仰望』
逝きし子を返せと妻が狂ふさへ術なきものをただに臥り居る　（同）

といった、幼い長女を逝かせて嘆く歌もあり、医療の未発達な近代の社会において、多くの子が命を落とし、それが家族のうえにいかに暗い影を落としたかがうかがえる。

「わが父は」の歌は、世渡りの下手な父、事業に失敗する自分、長女の死など、未来に起こるさまざまな敗北を予感したような覚悟と諦念が感じられる。

釋迢空

かみそりの鋭刃《トバ》の動きに　おどろけど、目つぶりがたし。母を剃りつゝ、　『海やまのあひだ』

迢空の祖父母はともに養子で、他家から折口家に入った。そして、三人の娘をなし、その長女

に養子をとって、一女四男をもうける。この五人の子の末子が折口信夫、すなわち迢空だった。その後、同居していた叔母と父の間に双子が誕生する。
「折口が七歳の時に叔母ゆうは異母弟の双生児を生んだわけで、おそらく折口の幼時数年間に、父母をはじめとする折口家の家族の間に非常に深刻な葛藤があったことは事実である」（岡野弘彦『折口信夫の記』）ともあり、複雑な家族関係のなかで、迢空は屈折した父母観を持つことになった。

折口家は医者、生薬屋、雑貨屋を兼業する大きな家で、養子の父のほか、曽祖母、祖母、母、未婚の叔母二人が同居する、典型的な女系家族であった。

父母を語る文章がある。
「年と共に気むつかしくなつて行く父は、しまひには患者を診ることすら、廃してゐた。家人とも楽しげに話を交すことも少かつた。母はこの父に対して、見る目もいた〳〵しい程、よく仕へたけれども、父はとりわけ、母と顔をあはすことを嫌つてゐた様である」（「わが子・我が母」『折口信夫全集』第二十八巻）。

折口の家庭や家族への否定的な見方は、不仲な両親、薄い父の愛など、幼時の複雑な体験に因《よ》るところが大きいだろう。掲出歌の不思議な響きは、こうした家庭的に不幸であった生い立ちを抜きに語ることができない。

この歌は母が亡くなったときの納棺の際の歌だ。「ほんやうに尼になつて、お迎へを待ちたい」という生前の母の望みを考慮してのことだった。家に出入りしていた人が、母の頭を剃る情景だが、剃刀の鋭い刃先が母の髪にあてられ、ことごとく剃り落してゆく。作者はそれを見ている立場で詠み始められているのだが、結句で反転する。結句の「母を剃りつつ」は、作者の母を思う強い意識が、見ているだけであるはずのみずからを、直接、剃る人の立場に押し上げたのだろう。

沼空は、「静かに此母からあとを消す為に家に後《ノチ》あらせぬ以外にない」(「わが子・我が母」)という係累を断つことへの執着を述べた不穏な一文も残している。近代の大家族の鬱々とした影の部分を、沼空は多く詠い止めた。

頰赤き一兵卒を送り来て、発《タ》つまでは見ず。泣けてならねば　『遠やまひこ』

ここに詠われている兵は、門人の藤井春洋《はるみ》である。すでに四十歳に近かった。昭和三年(一九二八)、国学院大学予科のころから折口の「家の子」として同居し、学問伝授を受けるかたわら、師の生活の全般にわたって面倒を見た。

二度目の召集を受けた春洋は昭和十八年九月、まず金沢の連隊に入り、のちに千葉県柏に移動した。そして、同年の九月には激戦地の硫黄島に着任する。体格のよい歩兵士官で、当時は陸軍少尉だった。その身体強壮な国学院大学教授だった春洋の出征に対して、

洋《ワタ》なかの島にたつ子を　ま愛《ガナ》しみ、我は撫でたり。大きかしらを　『倭をぐな』

かたくなに　子を愛《メ》で痴《シ》れて、みどり子の如くするなり。歩兵士官を　(同)

といった接し方をしている。幼時の複雑な家族関係、両親の不和等が通常の家族のあり方の否定を生み、血の繋がらない門弟の溺愛に繋がっていったようだ。

学問や歌の直伝にこだわり、門弟との濃密な精神の触れ合いをもっとも大切にした一途な生き方も、折口の本来の思想というよりは、やわらかい幼い魂に刻み込まれた家族体験がそのように導いたのではないかと思う。家族の在りようは、じつに大きな意味を持つもので、その重さがしみじみと胸に沁みるのである。

「頬赤き」の歌は、頬を紅潮させた春洋を駅頭に見送ったときの様子だろう。惜別に涙が止まらないために、列車が発つまでそこにいられなかったという。下句の倒置が、哀切な作者の思いを増幅している。人生の伴侶を送り出す家族の気持ちそのものだったのだろう。

祖父の顔　心にうかべ見ることあれど、唯わけもなく　すべ〳〵として　(同)

祖父は、名を造酒《みき》ノ介といい、折口家の生まれではなく、飛鳥家からの養子だった。明治十二年(一八七九)に亡くなっている。祖母つたも他家からの養子で、夫の死後も長く健在だった。同じく養子だった父秀太郎は、明治三十五年(一九〇二)五月二日に心臓麻痺により五十一歳で急逝する。当時十六歳で、中学四年だった折口は、父の死によって公になった家の醜聞に耐え切れず、何度か自殺を試みるが果たせなかったという。

曾祖母とよは明治二十七年（一八九四）まで生き、九十歳の長命を保った。こうした家族の構図を描いてみると、濃厚な女系の系譜がくっきりと浮き上がると同時に、祖父造酒《みき》ノ介の死後に十五年永らえた曽祖母とよの存在も見過ごせない。折口家の血をひくゴッドマザーに見つめられ続けてきた養子の祖父の肩身の狭さが思いやられる。ただ、強固な近代の家制度のなかで、嗣子として入籍したこの祖父がどのように暮らしていたのかは、詳しくは分からない。

一族の真の姿を知った衝撃から立ち直るためにと、折口は十八歳の四月に、祖母つた、叔母えいに伴なわれて、吉野、飛鳥に遊ぶ。このときに祖父の出自である飛鳥家と旧交を交わしたという。他家に入って重い任に耐えた祖父の面影は、あまり記憶がないのだろうか、「唯わけもなくすべ〳〵として」いる。

折口が誕生した明治二十年（一八八七）にはすでに祖父は他界していた。つかみどころのない茫洋とした不安感とともに、まだ乱れのない一族の血の清浄さも漂う。

あゝひとり　我は苦しむ。種々《シユジユ》無限《ムゲン》清らを尽す　我が望みゆゑ　（同）

眉間《マナカヒ》の青あざひとつ　消すゝべも知らで過ぎにし　わが世と言はむ　（同）

という歌もある。

土屋文明

父死ぬる家《いへ》にはらから集《あつま》りておそ午時《ひるどき》に塩鮭《しほさけ》を焼く

『往還集』

土屋文明の父保太郎は、六十六歳で亡くなった。昭和四年（一九二九）の六月のことだったが、その父の死を看取るために、朝から兄弟が集まって、何やかやと立ち働いていたのだろう。いつしか昼時もかなり過ぎて、みな父の病状を心配しつつも、襲ってくる空腹はなだめがたく、食卓につく。とくに何も用意できない食卓には、急場しのぎの庶民的な塩鮭の切り身が載っている。

結句の「塩鮭《しほさけ》を焼く」が、なんといってもこの歌の眼目になっている。父の死という厳粛な場面に、鮭の切り身は本当は似つかわしくないのだが、どこにでもある、誰にでも実感できる、この現実的な鮭の切り身の手触りが一首のリアリティを増幅させ、歌全体をぐっと引き締めている。人の死、まして父の死を看取るという浮き足立った場面を沈潜させるのに、俗とも思われる素材を持ってきて決める手腕は見事で、文明独自の味わいがある。

胸の塞がるような肉親の死の場面を、このように写し取る視線には、あるフモールも感じられる。大学で哲学を学び、自然主義の洗礼を受け、芥川龍之介たちと東大文科生を中心とする「新思潮」に拠った土屋文明の偶像破壊的な視点も、影響しているのだろう。単に現実そのものを描写したというのではない計らいがあろうが、それがまったく際立たないところがいい。父の死を、従来の湿った抒情で一括しないところは、文学的方法でもあり、主張でもあったのだろう。

幼かりし吾《われ》によく似て泣き虫の吾《わ》が児《こ》の泣くは見るにいまいまし　『山谷集』

泣き虫だった自分の幼時を思い出させるように、子供がよく泣く。その様子を見ていると、父親である作者はいまいましくなる。子供の意気地なしぶりが単純に腹立たしいのと同時に、自分のいやなところが遺伝したという苦い思いも湧き起こり、複雑な苛立ちを覚えるのだろう。一首は、衒うことなく、ストレートにその気持ちをぶつけている。結句に見られる率直な感情の吐露が一首を個性的にした。たとえば「見るはかなしも」だったら、ごく平凡になって、面白味が失われてしまう。

大正十一年（一九二二）七月、土屋文明は掲出歌の対象となった長男夏実《なつみ》をもうけている。この歌が詠まれたのは、昭和五年（一九三〇）のことで、夏実は八歳だった。

じれじれて泣きやまぬ児《こ》をつれ出《いだ》し心おさへて大川わたる　（同）

という歌もある。文明の家族の歌は、ごく平凡な親子の慈しみや親愛の情とはすこし趣が違っている。

当時、文芸同人誌「新思潮」に拠った仲間たちは「新思潮派」、あるいは「新現実派」といわれた。その知的なものの見方や作風は、文明にも大いに影響しただろうと思われる。日常生活を写しても湿潤な情に流れるようなことはなく、きれいごとではない、本当の気持ちをさらけ出す方向に向かった。

文明は、とくに家族の歌に、その傾向がはっきりと見られる。美点を抒情的に述べるのではなく、ものの本質を鋭く見つめ、近代的な思考と認識を歌に込めた。のちに「無産派の理論より感情表白より現前の機械力専制は恐怖せしむ」(『山谷集』)といった視点にいたる源に、家族に向けるかなり辛辣な歌があるように思われる。同じ歌集には、「人悪くなりつつ終《を》へし父が生《よ》のあはれは一人《ひとり》われの嘆かむ」という一首もある。

この母を母として来《きた》るところを疑ひき自然主義渡来《とらい》の日の少年にして　『少安集』

昭和十四年(一九三九)十一月七日、母ヒデが七十九歳で没した。「意地悪《いぢわる》と卑下《ひげ》をこの母に遺伝《ゐでん》して一族《いちぞく》ひそかに拾ひあへるかも」「年若き父を三人目《さんにんめ》の夫として来《きた》りしことを吾《われ》は知るのみ」「父の後寛《のちゆた》かに十年《じふねん》ながらへて父をいひいづることも稀《まれ》なりき」といった母の挽歌が、同じ連作のなかにある。なにか家庭的に訳のありそうな気配だ。

「弟が早く生れて、母は生業の生糸繰《きいと》りに暇がなかったのと伯母夫婦に子がなかったのとで、私の少年時は伯父等の養育によって過された」(「怪鳥」『羊歯の芽』所収)ともある。その伯父とともに畑仕事を手伝うことがあったようで、石運びの際の歌に、「幼かりし心この石にまつはりき一生《いつしやう》の考方《かんがへかた》を支配《しはい》するごとく」とあり、伯父伯母の影響の大きさも考えられる。

「この母を」の歌の意味は、このような性格と生き方をした母を生母として自分は生まれ育ってきた。そのことを少年らしい潔癖で一途な思いに厭い、疑ってきた自分は、まさに自然主義の伝播の時代の子であった、といった内容だろう。自然科学の影響を受け、人間を社会的環境と遺伝とによる因果律で捉える自然主義文学運動は、明治時代の後半に日本に伝播した。知的で、批評眼の利いた母の歌で、文明の面目躍如だ。しかし、厳しいが、それればかりではなく、どこか自己批判を含んだ文明独特のやさしい恥じらいが漂っているのを見逃してはならない。

吉野秀雄

病む妻の足頸《あしくび》にぎり昼寝する末の子をみれば死なしめがたし　『寒蟬集』

吉野秀雄は、明治三十五年（一九〇二）生まれで、二十三歳のときに結核となり、大学も中退している。大正十五年（一九二六）に結婚し、二男二女を得たが、妻はつは幼子を遺して昭和二十一年（一九四六）に亡くなる。昭和二十一年「創元」創刊号（十二月号）に、妻への挽歌が載せられており、その妻の愛と死のせめぎあいをモチーフにした連作は高い評価を得た。連作中の「これやこの一期《いちご》のいのち炎立《ほむらだ》ちせよと迫りし吾妹《わぎも》よ吾妹《わぎも》」は、秀雄の絶唱のひとつとなった。

ここに挙げた歌は、落合直文の「父君よ今朝はいかにと手をつきて問ふ子を見れば死なれざりけり」や、島木赤彦の「隣室に書《ふみ》をよむ子らの声聞けば心に沁みて生きたかりけり」に似通った、幼い子を残して死ぬ者の哀歓が、その立場を換えて詠まれている。

まだ若い親の死であり、子にとっても、伴侶にとっても、最大の不幸だが、この痛切さが名歌を生む源にもなっているという皮肉な事実がある。不幸なときに、かえって家族の一体感が求められて、凝縮した名歌が生まれた。もういくばくもないであろう母の足首を握って昼寝している幼子の姿はいじらしく、「死なしめがたし」という切なる思いを作者は掻き立てられた。

をさな子の服《ふく》のほころびを汝《な》は縫《ぬ》へり幾日《いくひ》か後《のち》に死ぬといふものを　『寒蟬集』

ともある。

これの世に二人《ふたり》の妻と婚《あ》ひつれどふたりは我に一人なるのみ　『晴陰集』

には、この妻が亡くなったあとの様子が詠われている。秀雄は、先妻はつが亡くなったのち、詩人八木重吉の妻であったとみ子と再婚する。

われに孀子《つま》らには母のなき家にえにしはふかしきみ来りける　（同）

重吉の妻なりしいまのわが妻よためらはずその墓に手を置け　（同）

といった歌には、後妻への思いやりに満ちた秀雄の懐の深さがうかがえる。

明石海人

思ひ出の苦しきときは声にいでて子等が名を呼ぶわがつけし名を　『白描』

明石はハンセン病患者だった。病がわかったのは昭和三年（一九二八）で、当時、明石は二十八歳だった。故郷沼津からも、家族からも引き離され、強制的に隔離されることになる。大正十二年（一九二三）に結婚していて、すでに、二女があったが、それだけにハンセン病は、

子をもりて終らむといふ妻が言身にはしみつつ慰まなくに　（同）
妻は母に母は父に言ふわが病襖へだててその声をきく　（同）

というように、家族全体に深刻な波紋を投げかけた。かつてはこの病気が遺伝性のものであり、強い伝染力があると誤認されていた。いまではきわめて伝染力の弱いことが知られている。十年余の長島愛生園での悲惨な隔離生活ののちに亡くなるが、多くの佳作を世に送り出した。

短歌を始めたのは昭和九年（一九三四）ごろからであり、亡くなる昭和十四年までの、ほんの五年ほどの短い実作期間であったが、時代の偏見のなかで家族を切に思う歌は、時を超えて人の心を打たずにはおかない。医療の未発達な近代という時代の過酷さも、その「家族の歌」の背後に、ひったりと張りついている。

片山廣子

動物は孤食すと聞けり年ながくひとり住みつつ一人ものを食へり　『野に住みて』

片山廣子は明治十一年（一八七八）生まれで、與謝野晶子とは同年齢。「竹柏会」の傑出した女性歌人である。父は外交官で、廣子はミッションスクールの東洋英和女学校を卒業した。のちに日銀の理事となった夫貞次郎との間に一男一女があるが、松村みね子という名でアイルランド文学の翻訳をするなどの業績もある。

近代の代表的な知的家庭を築いた人として記憶に残る歌人だ。堀辰雄の小説『聖家族』の細木夫人のモデルともいわれている。シャープで、理知的な詠風は、同時代の晶子や九條武子、柳原白蓮などと対象的な位相を持っている。

恵まれた家庭生活だったが、四十二歳で夫と死別し、息子の死にも遭遇する。この歌には、家族がいなくなった日々の、孤独な食事風景が描かれている。野生の動物は、餌を食べるときに本能的に個となるのだろうか。それぞれが安全な場所に餌を運び、食す。

自分の食事風景を、遠くからもう一人の自分が見つめて詠っているような、冷静な観察の眼が利いている。怜悧で余分な感情を排した詠風が、言葉を駆使したものよりもいっそう深い寂しさを誘う。近代の自立した女性の冷静な自己分析が、家族の一過程をくっきりと浮き彫りにしている。

III 「妻にも母にも飽きはてし身に」

與謝野晶子

君《きみ》がため菜《なつ》摘み米《よね》とぎ冬《ふゆ》の日《ひ》は井縄《ゐなは》の白《しろ》く凍《こほ》りたる家《いへ》　『佐保姫』

晶子は、明治三十四年（一九〇一）、二十三歳で與謝野鉄幹と結婚した。前年の三十三年には、「やは肌のあつき血汐にふれも見でさびしからずや道を説く君」「なにとなく君に待たるるここちして出でし花野の夕月夜かな」など、ロマンに満ちた作品を詠んでいる。「なにとなく」という歌は、自作の若書きを厭った晶子が、自選集『人間往来』に第一歌集『みだれ髪』（明治三十四年）からはこの一首のみを選び、入集した。自他ともに許す、静かな安らぎと物語性に満ちた青春歌だ。このころの「君」は激しい情熱の対象として、また大らかに信頼を託す対象として詠まれた。

掲出歌には、こうした青春期の歌とは違った日常生活の厳しさが詠み込まれている。結婚して数年後の、やや倦怠が感じられる夫婦の生活が見える。二人の結婚は、単なる色恋ではなく、文学への熱い思いを共有する同志愛、近代的な自我を尊重しあう高次元の愛に裏打ちされた新しい世代の恋愛だった。その理想が徐々に生活に侵食されてくる寂しさ、厳しさが、真冬の厨《くりや》仕事に象徴されている。家事に呑み込まれてゆく、自立的な女性の焦燥感も漂う。夫への深い情愛は根本的に変わるものではないけれど、これでいいのかという自問が含まれている。

『佐保姫』（一九〇九年）のころのことを晶子は、「そのころのわたくしは万葉集から影響を受けていたのである。他の人にはどんな風に万葉集が影響するものであるか知らぬが、わたくしに万葉集の影響の現われたのはただ一度この時だけに限られているということを明らかにしておきたい」（現代自選歌集『與謝野晶子集』「與謝野晶子集の後に」（大正四年））と述べている。夫婦間の擦れ違う感情、日常生活への関心などに、その影響が反映されているだろう。

背《せ》とわれと死《し》にたる人《ひと》と三人《みたり》して甕《もたひ》の中に封《ふう》じつること　（同）

明治四十二年（一九〇九）五月刊行の第八歌集『佐保姫』にある。この年の四月に、親友山川登美子が亡くなった。「三人《みたり》」とは、いうまでもなく與謝野鉄幹と晶子、そして『佐保姫』上梓の一か月前に亡くなった山川登美子のことだ。登美子は晶子と並び称される「明星」初期の女性歌人で、晶子と篤い友情を交わしながらも、ともに鉄幹に惹かれるという、複雑で皮肉な運命に翻弄される。

「それとなく紅き花みな友にゆづりそむきて泣きて忘れ草つむ」（山川登美子『恋衣』、明治三十八年）という歌に詠まれている「友」は、晶子のことだ。登美子は親の決めた婚約者山川駐七郎と結婚し、二年余で死別、自分自身も結核のために二十九歳の若さで亡くなる。

鉄幹の登美子への挽歌がある。「君《きみ》なきか若狭《わかさ》の登美子《とみこ》しら玉《たま》のあたら君《きみ》さへ砕《くだ》けはつるか」「な告《の》りそと古《ふる》きわかれに云《い》ひしことかの大空《おほぞら》に似《に》たる秘《ひ》めごと」（與謝野寛『相聞』）。とくに二首目の「大空に似たる秘めごと」には、深い事情が隠されているように思われ、晶子の苦悩も深かったことだろう。三人の間にのみ通じる秘め事は、誰にも明かさずに永久に甕に封じて葬ろう、という切なる思いが伝わってくる。

子《こ》を思《おも》ひ一人《ひとり》かへるとほめられぬ苦《くる》しきことを賞《ほ》め給《たま》ふかな　『夏より秋へ』

『夏より秋へ』は大正三年（一九一四）に上梓された。大正元年五月に、晶子はシベリア鉄道経由で、前年の十一月に渡欧していた夫寛（鉄幹は明治三十八年ごろより改称した）の遊学先のヨーロッパに向かった。フランス、イギリス、ドイツ、オーストリアなど、欧州を歴訪して、同年十月に単身帰国する。寛は翌年一月に帰国、晶子は四月に四男アウギュスト（彫刻家のロダンが命名）を出産する。この時点で、四男四女をもうけたことになる。

こうしたことから、「子を思ひ」は日本に残してきた、まだ幼い子らのことを指すと同時に、胎内に宿った子のことともいえそうだ。夫の渡欧のために大いに奔走した晶子だが、世間はその努力もさることながら、母としての身の処し方に関心を抱いたのだろう。

洋の東西を問わず、「近代家族」には二つの大きな特徴があるといわれる。一つは子供の絶対的な尊重と教育熱、もう一つは性別役割の固定化だ（エドワード・ショーター『近代家族の形成』）。晶子が「苦《くる》しきことを賞《ほ》め給《たま》ふかな」と詠んだ本心は、男性は外で働き、女性は家庭を守るよき母であるべきだ、という世間の固定観念を「苦《くる》しきこと」と感じたからではないか。自覚的、進歩的な近代女性である與謝野晶子の社会への痛烈な批評が込められているように思われる。
『夏より秋へ』は一冊本ながら、上、中、下巻に分かれており、下巻に九十一篇の詩を載せている。「山の動く日」や「一人称」など、女性の自立をうながす詩篇が印象的だ。

山の動く日

山《やま》の動《うご》く日《ひ》来《きた》る、
かく云《い》へど人《ひと》われを信《しん》ぜじ。
山《やま》は姑《しばら》く眠《ねむ》りしのみ、
その昔《むかし》彼等《かれら》皆《みな》火《ひ》に燃《も》えて動《うご》きしものを。
されど、そは信《しん》ぜずともよし、
人よ、あゝ、唯《ただ》これを信《しん》ぜよ、
すべて眠《ねむ》りし女《をんな》今《いま》ぞ目覚《めざ》めて動《うご》くなる。

一人称

一人称《いちにんしょう》にてのみ物書《ものか》かばや、
われはさびしき片隅《かたすみ》の女《をんな》ぞ。
一人称《いちにんしょう》にてのみ物書《ものか》かばや、
われは、われは。

茅野雅子

らんまんと桜さきたり君が子の母なることも何か寂しき　『金沙集』

雅子は明治十三年（一八八〇）生まれで、大阪船場の薬種問屋の次女だが、五歳で早くも母と死別している。この寂しい幼児体験が、『金沙集』（大正六年）における多くの子供を対象にした秀歌の源にはあるようだ。内に秘めた強さを平易な言葉で、清純に穏やかに詠いとめる歌風だ。のちに日本女子大学に入学し、ここで山川登美子と出会い、晶子を交えた三人で歌集『恋衣』を出版することになる。日露戦争の最中であり、恋の歌の多いこの歌集は時局にそぐわないとして糾弾され、停学処分を受けた。後年の雅子の歌に、「我等より見る天地の外をゆく星に等しと男《をのこ》をおもふ」という一首があり、女の立場ではとうてい叶わない男の自由な生き方が「天地の外をゆく星」に喩えられている。こうした作品に、時代に束縛された当時の女性の無念さが沁みている。学ぶことを諦めなかった雅子は、四十一歳で母校日本女子大の教授にまでなった。

雅子は、爛漫と咲く桜の下にいる。相思相愛の夫と一緒にいるのかもしれない。これ以上はない美しさと幸福感のなかで、ふとよぎる寂しさはいったい何だろう。君を得て、そしてその君の子を得た境遇にあっての思いがけない寂寥感が詠まれている。家族の平安のなかにあっても、個はしょせん個であり、人は孤独であるほかはないということの再確認の寂しさでもあろうか。一心同体と思われがちな家族のなかにあっての孤独は、いっそう寂しい。美しい桜の花明かりのなかに、内に秘めた清らかな寂寥感がしらしらと浮き上がってくる。

ふと飽かばふと遁れむと用意せる君が翼を切らむ術なし　（同）

雅子の夫茅野蕭々は「明星」の同人で、短歌のみならず、詩や小説、評論、翻訳などに旺盛な活動を示した。「相語る言葉たとへば甘き風胸の火をふく紅薔薇《べにさうび》より」「青空に白鳥ゆくを見て思ふ火の雲うつる故郷の湖《うみ》」（「明星」明治四十一年一月）といった、西洋の近代詩の発想を取り入れた短歌を得意としたが、歌集はない。

さまざまなジャンルへの興味があった夫は、活動も幅広く、ふと飽きたら、自分のもとからも去っていくのではないかと、作者は思ったのだろうか。「君の翼を切らむ術なし」という言葉には、飛躍する夫への信頼とともに、取り残されてしまう自分の不安感が重ねられている。雅子は生涯、夫に尽くし、夫の死後四日後の同時刻に自身も亡くなっている。

三ヶ島葭子

障子しめてわがひとりなり厨には二階の妻の夕餉炊きつつ　『三ヶ島葭子全歌集』

三ヶ島葭子は明治十九年（一八八六）に埼玉県入間郡で生まれた。八歳年下の弟は、のちに俳優となり、「左卜全《ひだりぼくぜん》」と名乗り、個性的な演技で人々を楽しませた。卜全の名は、まだ記憶する人もあり、葭子がその姉と聞けば、昭和と地続きの人のようで親しみさえ感じる。

葭子の夫倉片寛一は不況のあおりを受けて失業し、長く職を定められなかった。大正四年（一九一五）、水産新報社の編集長格という待遇で念願の職を得て、大正九年には大阪に単身赴任したものの、そこで愛人をつくり、長く葭子を苦しめることになった。

大正十一年、葭子が三十六歳のときに愛人を連れて帰京し、夫妻と愛人の三人が同じ屋根の下に住むことになる。愛人と夫は二階に寝起きしていた。夕方になると、二階の愛人が階下の台所に下りてきて、自分たちの夕食の準備をする。葭子は一人寂しく障子を閉ざして、部屋に籠る。生活の手段を持たない病弱な妻には、自立する気力も体力もなかっただろう。夫寛一も薄給の三

分の一を妻に渡していたというから、妻に対してすまない気持ちもあったようだ。葭子には、ほかにも、

わがひとり堪《こら》ふるによりて君が心安しと言はば命もて堪へむ　（同）

この夫の心つなぐに足らはざる我とも知らでひたに待ちゐし　（同）

といった、夫にまつわる哀切な歌が多く残っている。

また、すでに三十歳ごろから結核を患い、まだ二歳にも満たなかった長女みなみと離れ離れに生活をすることになった。こうした事情から、別れた子どもを愛惜する作品も多くあり、いずれも心を打つ秀歌となっている。夫の愛人問題、結核という病、子への思い、文学を志す女性の自立への願いなど、この時代を象徴する家族の歌としてどの作品も強く印象に残る。

答ふべきわれかと思ひ片言をふといひそめし子にをののきぬ　（同）

葭子は大正二年（一九一三）十二月二十八日（戸籍では大正三年三月二十五日）に女の子を出産する。出産は、この一度だけであった。その一人子は、みなみ（美奈美）と名づけられ、葭子には、夫との絆として、婚家との橋がかりとして、なによりの生きがいとして、大切な存在だった。

しかし、この愛しい子を、葭子は病気のために一歳三か月で手放すことになる。こうして、子供

を対象にした切ない心情を読み込んだ多くの歌を詠むことになった。

何よりもわが子のむつき乾けるがうれしき身なり春の日あたり　（同）
まづ何をおぼえそむらむ負はれてはかまどに燃ゆる火など覗く子　（同）
疲れはて歌も書きえぬ憂き身よりうれしや乳のほどば《ママ》しること　（同）

など、実感に即して直截に詠まれていて、衒いがない。

「答ふべきわれか」の歌は、「まづ何をおぼえそむらむ」という歌に共通するものがある。知恵づく幼子に新鮮な驚きと、母親としての畏れを抱く若い女性の鋭い感受性が感じられる。片言をいい始めた幼子に、どう接したらいいのか、何を答えたらいいのか、うれしさとともに大きな戸惑いを覚えている。

幼子がこの世に出て、はじめて深く接する大人は、多くの場合、母親だろう。「をののきぬ」に、その責任と担いがたい恐れが如実に出ている。ひとつの命を胎内で育み、みずからこの世に生み出したという逃れがたい事実は、喜びであると同時に、父親とは微妙に違う複雑な感情を女性の心のうちに引き起こす。

葭子はごく普通の母親というのではなく、文学を志す意志を強く持っていた女性であり、自己の才能と病弱、貧困と子育てなど、さまざまな面で心の軋轢を経験している。日記には、「私は痩せてまるで半病人だ。けれどもまだどこかに強い生命が根をはつてゐる。……私は書かずにはゐられない」と文学への意欲をあらわにしている。
さらに、子供を対象にしても、

子守うた謡へるひまにわが心歌ともならず消えうせにけり　（同）
心あるわれにもあらでわが子をばなほいけにへの如く思へり　（同）
この子などわれの命を奪ふべきわれいたづらに身をば疲らす　（同）

と、文学的自立を志す近代の女性の苦悩をも詠み残しているのは、大変に印象深い。

今井邦子

梅雨ばれの太陽はむし〳〵とにじみ入る妻にも母《はゝ》にも飽きはてし身に　『片々』

今井邦子は徳島県師範学校校長山田邦彦の次女として生まれ、早くから文学に目覚め、「女子文壇」へ詩の投稿を続けていた。明治三十九年（一九〇六）、文学を志して家出、上京し、苦しい自活生活のなかで、中央新聞社の記者となった。この間に作歌を始める。

「狂《くる》ひ獅子《じし》牡丹林《ぼたんばやし》をゆきつくしおとなしう人《ひと》にとられてゆきぬ」（『姿見日記』）と結婚までの華や

かな女性の自己愛を披瀝したのち、第二歌集『片々』（大正四年）では、掲出歌のような屈折した心情を詠っている。

花の咲き盛る春を過ぎて、うっとうしい梅雨の合間に射す太陽の光は、蒸れてことさらに暑い。季節の移り変わりに女性の人生を重ねたような上句から、下句はいっきに作者の心のうちを直に吐露している。「妻にも母にも飽きはてし身」というところは、少女時代からの文学を捨てがたく、日々煩悶している作者の姿が重なる。妻でも母でもない自分はどこに行ったのか、「私」を取り戻したい、という思いに溢れている。

くろ髪《かみ》をなでゝ育てむいとし子《こ》の母てふわが身おそろしくなりぬ　（同）

母の顔淋しくなれば家のうちおもちやの如く捨てらるゝ児よ　（同）

と、子にかさねて、自己の鬱屈を投影した作品が多い。のちには、評論、古典研究、随筆、小説と、じつに幅広い活躍をすることになった。

夫《つま》も子もそれよりもなほ此いのちいとしと髪《かみ》の一すぢも言ふ　（同）

邦子の夫は、同じ中央新聞の政治部記者であった今井健彦で、明治四十四年（一九一一）に結婚した。健彦は、のちに衆議院議員となっている。邦子も、のちに市川房枝らの活動に賛同し、婦人参政権運動に関係することとなり、その、文学の分野を越えた深い見識と行動力は、この時代の女性の大きな牽引力となった。

そうした視野の広さが、「夫も子も」大切、という常識から一歩踏み出し、「此いのち」の大切さにおよび、さらに女性一般に押し広げられていったのだろう。結句の「髪《かみ》の一すぢも言ふ」に繊細な感受性、つきつめた物思いが感じられる。

夜もすがら児は叫び泣くさんざんに母が生命《いのち》を喰ふと泣き泣く　（同）

など、伝統的な和歌文学では取り上げられなかった、子供の赤裸々な姿の描写は、この時代の邦子を初めとする女性歌人がまったく新しく切り開いた歌の領域であり、邦子の子供の歌の多さは、この点でも記憶されなければならないだろう。

今井邦子は、大正六年（一九一七）二十八歳でリューマチを病み、右足の自由を奪われ、大正十一年、三十三歳で、人生の苦悩を抱えて京都の修養団体「一灯園」に籠る。歌柄も、島木赤彦の鍛錬道に引かれて、沈潜した歌風に変化してゆくことになったのは故のないことではない。「立ちならぶみ仏の像いま見ればみな苦しみに耐へしみすがた」（『紫草』昭和六年）という秀歌も、女性としての一途な生き方を貫いた邦子にして、なおいっそう味わいの深い一首である。

若山喜志子

にこやかに酒煮《に》ることが女らしきつとめかわれにさびしき夕ぐれ　『無花果』

明治三十九年（一九〇六）に、詩人の河井酔茗が「女子文芸」を創刊して、女性に文芸への道を拓いたのは大きな出来事だった。今井邦子も若山喜志子も三ヶ島葭子も、みな、この文芸誌の新体詩から短歌へ入っている。今井邦子が父の死後、文学を志して上京したときも、河井酔茗ただ一人を頼ってであり、この上京の途次には、「女子文芸」の投稿仲間で、親しかった若山喜志子の元を訪ねている。喜志子と邦子は、この文芸誌を仲立ちに生涯の交友を結んだのだった。

喜志子は明治四十五年（一九一二）に若山牧水と結婚した。旅と酒の歌人として、すでに有名であった牧水の、少年のように澄んだ眼差しに魅せられて結婚に踏み切った、とのちに述懐している。結婚当初は、

この家ぬちわれが動くも背《つま》がうごくも何かさやさやうたへる如し　（同）

といった、匂うような新家庭の清らかな華やぎが詠われている。しかし、放浪と揮毫の旅に夫はつねに留守がちで、経済的不如意のための針仕事と育児に寂しく日を送る生活となる。それでも、

いそいそと大地《だいち》踏みならし来る君の足音《あと》より世に恋しきはなし　『筑摩野』

と牧水への愛は強い。強固な家制度のなかにあって、夫に経済力のない子沢山の妻が、いかに家庭を支えることに腐心し、自己実現のむつかしさに呻吟していたかが、「にこやかに酒煮《に》ること」という掲出歌からもよくわかる。淡々と日常の生活を述べ、素直に心を表現しているところに、時代を超えた共感を呼ぶ理由があるのだろう。

汝が夫《つま》は家にはおくな旅にあらば命光るとひとの言へども　（同）

やみがたき君がいのちの飢《うゑ》かつゑ飽き足らふまでいませ旅路に　（同）

喜志子は、家庭に籠って、育児、裁縫に明け暮れ、文学的な環境に縁遠くなる自分の生活を嘆きながらも、憑かれたように旅に出る牧水の心を誰よりもよく理解していた。当時、すでに牧水は高名な歌人だったが、酒に溺れて、心身の疲弊は甚だしかった。

喜志子は明治四十四年（一九一一）に、文学の勉強を目ざして、同郷の太田水穂を頼り、ひとり上京した。学習欲と行動力に満ちた意志の女性であった。その水穂のもとで牧水と出会う。当時、実らぬ恋愛に疲れ果てて、酒びたりだった牧水に、「僕を救ってくれ」と請われて結婚することになったともいわれる。結婚の最初から、少年のような澄んだ瞳の牧水を母か姉の心持ちで庇護していたのではないだろうか。「しみじみと物も語らず君は君のなやみまもるかせむすべもなし」（『筑摩野』昭和五年）という歌もある。

「旅にあらば命光る」人なのだからと慰め、諭す人があったが、そのことは喜志子がいちばんよく知っている。「ひとの言へども」という結句の言いさしのなかに、「わかっているのだけれども」という、なんともいえない、温かくも複雑な妻の心情が込められている。

「みづからを愚かしと思ふおもひつのり醜《しこ》の蝸牛《でで むし》ちぢこまりつつ」（『筑摩野』）と詠った喜志子は、のちに「眉逆だち三角まなこ窪みたるこの面《つら》つくるに八十年かかりし」（昭和四十三年作、『眺望以後』昭和五十六年）と骨太く、したたかな女の歌を詠んでいる。

牧水が昭和三年（一九二八）に亡くなってから、喜志子は結社「創作」を守り、さらに四十年を生き抜き、昭和四十三年に亡くなった。

原阿佐緒

枕並《な》め寝し友も児もな覚めよこのさ夜ふけをしみ降る雨に　『白木槿』

明治二十一年（一八八八）生まれの原阿佐緒と、二歳年上の三ヶ島葭子は無二の親友だった。大正三年（一九一四）十二月二十八日に、三ヶ島はただ一人の子である長女みなみを産んだ。その翌年の大正四年一月二十八日には、阿佐緒が次男保美を出産した。一か月違いの同じ日の出産をともに喜び合い、子供をたがいに交換しては抱いたと、その親密な交流ぶりがいまに伝えられている。

二人の出会いは、女性を対象とした当時の文学雑誌「女子文壇」や、新詩社の青年詩人を中心にした文芸雑誌「スバル」への投稿を機に始まった文通を通してであった。ともに胸を病んだ経験もあり、交友は徐々に深まってゆく。

三ヶ島は倉片寛一と結婚、掲出歌のころは長女を妊娠したが、夫の失職で経済的にも不安定で、心もとない生活を送っていた。一方、阿佐緒は親の決めた相手との初婚に破れてからのち、初恋の人である庄子勇と再婚し、次男を身ごもっていた。ともに女性としての悩みを打ち明けあいながら、作歌に励んでいた時期だ。

数回の文通後に二人が初めて会ったのは、大正三年（一九一四）十月五日だった。掲出歌の「友」は、その親友の三ヶ島葭子だ。さまざまな相談事で夜を更かしたのだろう。やっと深い眠りに入った親友と子の寝姿を見つつ、いまだに眠ることができない。自分の悩みの深さに暗澹としている作者の胸のうちがうかがえるような一首だ。

女性としての生き方、母としての生き方が、近代という時代を背景にして、茫洋と浮き上がってくる。夫の愛人問題、結社からの破門、不治の病と、立て続けに起こる二人の女性の人生の予兆のような、底深い悲しみを漂わす一夜の風景である。

四　現代の家族

現代の家族

外からの力によって「家族」の離散が余儀なくされた、もっとも過酷な時代がある。前世紀の度重なる戦争の期間がそうだ。

第二次世界大戦後六十余年という年月を経て、戦争体験者も極端にすくなくなった。当時の日本の家族は、どのようにこの難局に立ち向かい、克服してきたか、それを語り継ぐ人たちさえもすでに老いてしまった。大戦に到る前の、きな臭い時代を知る銃後の人たちも、いまはすくなくなった。ただわずかに、文章化された戦争の記録のみがかろうじて残っているが、それも読み手のないまま眠っているのが現状だ。短歌も例外ではない。

詠い残された作品のなかに、耐え難い厳しい環境のなかで、どのように自分を保ち、家族を保ち、慈しみ育ててきたのかを探り、記憶することが大切だろう。

まず、最前線の戦場の歌を読んでみる。

おそらくは知らるるなけむ一兵《いっぺい》の生《い》きの有様《ありざま》をまつぶさに遂《と》げむ

宮柊二『山西省』

ひきよせて寄り添ふごとく刺《さ》ししかば声も立てなくくづをれて伏す　（同）
照準つけしままの姿勢に息絶えし少年もありき敵陣の中に
渡辺直己『支那事変歌集　戦地篇』
次々に昇《かつ》ぎこまれる屍体、みな凍つてゐる、ガツガツ凍つてゐる　川妻又治（同）
腰までも水の溜まれる塹壕に銃を抱《いだ》きて今日も明《あか》しぬ　鈴木文作（同）

一、二首目は宮柊二の作品だが、宮は昭和十四年（一九三九）に歩兵補充兵として中国山西省の中隊に編入され、参戦した。太平洋戦争中は、会津若松の機関銃中隊に所属したという。幹部候補生への志願を勧められたが、再三断わって、一兵卒としての身分に甘んじて参戦し、戦争の悲惨さを回避することなく身に刻み込んだ。なまなましい戦場の歌を残しえたのは、つねに最前線を退かぬ「一兵卒」だったからこそだろう。

掲出歌のような激しく泥にまみれた前線に、父や夫や息子たちはいた。私の知る元陸軍中尉の内貴直次は、前線の凄まじさをつぎのように詠んでいる。

今死すに身を清めむと草叢に最後のひりす心静めて　内貴直次『ヤマトダマシイ』
骨砕け肉とび散りしこの痛み切断《き》ればやむかとはかなくのぞむ　（同）
切《き》断られたる脚はかたへの叢に投げられしとふ兵の語れる　（同）

厳しい戦場の様子がなまなましく伝わる作品だ。抒情を拒否するぎりぎりのところで、削ぎ取られてなお残った言葉が三十一音のリズムを得て、歌となった。

最前線の兵士たちは、遠く離れた母国の家族を思いみる余裕さえない泥沼の戦場にいた。自らの命を必死に守り、薄れゆく日常感覚のなかで情緒は減退し、極限状態ともなれば恥も礼節も失っていったという。

元陸軍中尉内貴直次も、「我すでに餓鬼道に落ち自制なく」と餓えのなかにあって、食を貪り、やむなく将校の面目を失ってゆくさまを詠い残している。前線を顧みる彼の二五〇余首の戦争歌のなかに、本国の家族を対象とした歌はない。入る余地がなかったのだろう。

こうした戦場の極限のなかで、家族はほんとうに助けになったのだろうか。応召のために心ならずも引き裂かれた家族、恋人の手紙がいまも残されている。

「元気で働いているお前の便りに接して喜《ママ》しいやら懐かしいやらでくり返し読み……内地に居る時はそれ程でも無いが、異国に離れて見ると今更ながらお前の事が懐かしく……」（『真岡市史』）、「門出の前夜、私を未亡人にしてはいや、といったきみの顔が目が忘れられない……」（『きけわだつみのこえ』）など、まだ戦況の悪化しない応召してまもないころの記録は、境涯を悲しむ心を晒しており、身近な家族への思いやりに溢れている。

残された妻子、父母の思いも、現在の私たちにはとうてい想像できるものではないだろう。


ゆくりなく千人針の千人目《せんにんめ》とどめの針を妻が納《をさ》めし　　筏井嘉一「銃後百首」

手さぐりに母をたしかめて乳のみ児は燈火管制の夜をかつがつ眠る
五島美代子「朝やけ」

若きらが親に先立《さきだ》ち去《い》ぬる世を幾夜し積まば国は栄えむ
半田良平『幸木』

みんなみの空に向ひて吾子《あこ》の名を幾たび喚《よ》ばば心足りなむ
（同）

湧きあがる悲みに身をうち浸しすがりむさぼるその悲みを
窪田空穂『冬木原』

戦ひにはてしわが子と　対ひ居し夢さめて後《ノチ》、身じろぎもせず
釋迢空『倭をぐな』

半田良平も、窪田空穂も、ともに戦争のために息子を失っている。ひとりはサイパンで、ひとりは抑留中のシベリアで亡くなった。半田や窪田の体験にもとづく作品は、個別には詠い残されていない多くの戦死者への悼みを代弁していて、痛切にして忘れがたい戦中の家族の歌である。昭和二十四年（一九四九）、折口信夫（釋迢空）は、戦死した養子春洋《はるみ》の墓を立てたが、墓碑銘に「もつとも苦しき　たゝかひに　最もくるしみ　死にたる　むかしの陸軍中尉　折口春洋　ならびにその　父　信夫　の墓」と刻んだ。義理の関係の、特殊な、深い情愛に結ばれた父子のありようを偲ばせる。無残な別離ゆえに、いっそう募る愛だろう。

つぎの、戦争によるもっとも不幸な別離が、もっとも強く家族を結びつけ、家族の存在を永久化する心情を余すところなく吐露した窪田空穂の歌、

親といへば我ひとりなり茂二郎生きをるわれを悲しませ居よ　窪田空穂『冬木原』

という一首は、親子関係のみに見られる、終生変わらない無私の慈しみに満ちている。安易には口にできない癒しがたい傷を負った家族は、ひっそりと悲しみに耐えながら、また一方では複雑に反発し合いながらも生き残った身を寄せ合い、支えあっていた。家族の存在は、戦争の阻止には実質的に無力であったが、疲弊した戦後の生活を精神的に支え、豊かな情感を甦らせるための根元的な力になったことは確かだろう。

子と妻の血をふく皹の手を握りこの貧しさに共に生き居る　鈴木幸輔『長風』

かれ原に赤き毛糸のわが子ゐて吾が貧しさの象徴のごと　（同）

練炭をおこす臭ひのたちこめて部屋に外套を着て遊ぶ子ら　高安国世『真実』

十二年ふりし二人が子のねむる裾のへにして夜夜あひよりぬ　山本友一『黄衣抄』

世の中は厳しきものぞ帰り来て疲れを言ふなと父ののたまふ　橋本喜典『冬の旅』

昭和二十九年（一九五四）に刊行された鈴木幸輔の第二歌集『長風』は、戦後の庶民の生活をこまやかに描写しており、緊密な家族の関係がよくわかる歌集である。「きはまれば貧しきわれの隣人らみな不思議なる生き方をする」という歌もあり、貧困のなかで工夫と知恵を凝らし、懸命な生き方をした終戦直後の人々の姿が浮かぶ。自分だけならまだしも、父母妻子を持つものは、生活を支えるために、ただひたすらに生きた。懸命だったからこそ、うさんくさい闇市が立ち並び、稚拙なクレヨン書きの偽札までもが出回るというような（『昭和・平成家庭史年表』河出書房新社）、奇妙で巧妙な不思議な生き方が横行したのだろう。

衣食の足りない時代を象徴して、昭和二十一年（一九四六）に始まったNHKの「街頭録音」の最初のテーマは、「あなたはどうして食べていますか」だったという。また、同じ年には、食べ物の恨みによる歌舞伎俳優片岡仁左衛門一家五人殺害事件も起こっている。「同居人は小麦粉、家族は米飯」という食の差別が原因で、仁左衛門一家は使用人に殺された。家族と他者の在り方も、極端な方向に走らざるをえなかった時代相がうかがえる。

一、二首目のように、皹が血をふく妻や子の手を見ることは、夫や父にとってはふがいなくも、寂しいものだ。父や夫は、自虐の思いに苛まれたにちがいない。貧しさの象徴のような赤いセーターが、そのまま父親の救いがたい寂しさを象徴している。

「前衛短歌」の家族

極度の貧困を抱え込みながら、戦後の社会は大きくうごめいていた。昭和二十二年（一九四七）に民法改正が行なわれ、世の中は資本主義経済のもと、活発に動き始めた。家制度とは違った意味の性別役割の分化が進んでゆく。夫は外で働き、妻は家庭にいるという、資本主義経済に有利な形態が徐々に定着し、その分業化が人々の意識に植えつけられてゆく。女性は、はてしない無償の家事提供によって、夫や子供という国家のための労働力を再生産する役割を負うのだという固定的な考えが流通し、それに従った社会の仕組みができ上がってゆく時期だった。

昭和三十年（一九五五）は、都市の歴史のうえでも、家族を論じるうえでも、大きな曲がり角となる時代の幕開けの年だ。四月に、第二期の「公営住宅建設三カ年計画」が発表され、全国で十五万五千戸の建設が始まった。東京の代官山には、外人向けの高級賃貸アパート「東急アパート」が完成した。六月、東京の豊島公会堂で、第一回「日本母親大会」が開催され、性別役割の不合理も露出し始め、家庭の見直しが始まった。

文化、レジャーも活気を帯び、世界に伍してゆく。戦後十年目の昭和三十年の六月、本田技研製作の車は、イギリスのマン島の自動車レースに出場し、１２５ｃｃ、２５０ｃｃ、３５０ｃｃのすべての階級で優勝をする快挙をもたらした。

このころから、大都市に深夜喫茶が増えるなど、大衆文化の広範化と多様化が始まり、昭和三十九年（一九六四）の東京オリンピック大会へと続く都市の成熟と矛盾の歴史が急速に開かれてゆくことになる。東京オリンピックの招致は、昭和三十年に都議会で採決された。

家族の歌も、当然のことながら、戦前、戦後とは趣を異にしたモチーフが現われ、文体もリズムも、それまでにない画期的な転換を果たすことになった。

もろき平和いたはり来つつ冬ふかき夜の花縢《はなをこぜ》つつける家族
塚本邦雄『日本人霊歌』

ともぐひのごとく相寄る藝術家一家に煮つまれる苺ジャム
（同）

小さなる心臓燃えて赤子はあらしの夕母《ゆふべ》に抱《いだ》かれぬ
葛原妙子『葡萄木立』

胎児は勾玉なせる形して風吹く秋の日発眼せり
（同）

そら豆の殻一せいに鳴る夕母につながるわれのソネット
寺山修司『空には本』

売られたる夜の冬田へ一人来て埋めゆく母の真赤な櫛を
同『田園に死す』

母の内に暗くひろがる原野《げんや》ありてそこ行くときのわれ鉛の兵
岡井隆『斉唱』

父よ　その胸廓ふかき処《ところ》にて梁《はり》からみ合うくらき家見ゆ
（同）

夜学より帰れば母は天窓の光に濡れて髪洗ひゐつ
春日井建『未青年』

太陽が欲しくて父を怒らせし日よりむなしきものばかり恋ふ
（同）

塚本の「もろき平和いたはり来つつ」と、「ともぐひのごとく相寄る」というそれぞれの歌の背景と家族観の形容は、ただ単に現実生活を描写した歌とは大きな隔たりがある。手法、表現、視点、どれもが緊密に結びついて、まったく新しい文脈が生まれている。深い鋭い批評を帯びた詩の世界が、短歌という華奢な器に盛られ、目の前に差し出された。

引用した歌人における「家族」の意識の変化が印象的だ。含みのある比喩によって、より深く、広く、真摯に「家族」の在り方を追及し、問いつめている。こうした劇的な変化は、前段で述べた過酷な戦争体験と無関係ではないだろう。例歌八首目の岡井の「父よ」の歌には、父のその胸廓の底に「梁《はり》からみ合うくらき家」が見えると詠まれている。消しがたい前時代の遺構の影は、戦争によって打ち砕かれた価値体系、いわゆる「近代」を経た者のみが持つ深い混沌をたたえている。また、十首目の「太陽が欲しくて」という春日井の歌は、現実的でない夢を追い求める少年に対して、あらわに怒る父の姿が詠まれている。そこには執拗な近代の価値観や父権への批判が感じ取れる。ゆるぎのない価値観の讃美やひたすらな父親讃美はまったく消されている。そうしたものへの深い懐疑が歌の核となり始めた。

母についての歌も、単なる母子抒情の領域に納まらない。嬰児は、三、四首目のように、「心臓の燃える赤子」「発眼する胎児」といったように表現され、母親は六、七首目のように、「真赤な櫛」「暗くひろがる原野《げんや》」に置き換えられている。ひとことに言い替えることができない複雑な心の襞が、単なる麗しい母子抒情を越えて三十一音に掬い取られるようになった。どれほどの内容を盛り込むことができるか、いかほど物事の真実に迫れるか、短歌の可能性を追い求めて、既成の価値観を突き破ろうとする運動が、三十年代を中心に湧き起こったのだった。

戦後社会のコペルニクス的価値観の転回は衝撃的だった。戦前戦中、生徒に教えられた価値がまったく裏返った。そしてまた、戦争へと人々の心を駆り立てた、国家的扇動への警戒感が人々のなかに芽生えることになった。それは、単純に情に流されることへの警戒心にもつながる。敏感にそれに反応したのが、ここに挙げた歌であり、作家たちだったといえよう。

三十年代の画期的な短歌革新の運動は、のちに「前衛」と称された。鋭い批評精神を根底に置き、戦争への強い抗議と自省の念が、三十一音の緊迫した文体に結晶していった。

戦後、伝統的な文芸である短歌、俳句などの短詩形文芸がいっせいに断罪され、否定された時期がある。それは、文芸評論家桑原武夫の「第二芸術論」に端を発するのだが、俳句を矢面にしたこの伝統的短詩形排斥論は、当然、短歌にも向けられ、従来の湿潤な三十一文字否定論が相次いだ。

しかし、多くの歌人はまともに反論することができなかった。「短い短歌形式には、複雑な近代社会を生きる者の意識は盛り込めない」（桑原武夫「短歌の運命」〔「八雲」昭和二十二年五月号〕）、「湿っぽい詠嘆と閉じた韻律」（小野十三郎「奴隷の韻律」〔「八雲」同二十三年一月号〕）という「第二芸術論」に見られる短歌批判は、民族的弱点とも指摘され、敗戦の精神的原因にさえされた。この短詩形への疑問と排斥に、理論と実作をもってもっとも真摯に抗議し、答えたのが、「前衛」と称された作家たちだった。

従来の湿潤な抒情が根元に持っていた保守的な価値観への懐疑、現実のみではなくフィクションのなかでこそ真実を語ることができるという逆説の発見などが、ここに挙げた家族の歌にはよく出ている。母はやさしく、父は強い、というごく単純なレッテルをひりひりと引き剝がして、本心がいずこにあるかを探り、人間の心の底を裏返して見せたのだった。

戦争へと駆り立てられた苦い経験、すべての価値が引っくり返った戦後の体験は、当時の青少年の心を根底から抉った。世の規範への抗議、固定した美醜の判定への懐疑、善悪の二項対立の疑わしさなどは、父母、兄弟、夫婦、親子の関係にも向けられ、家族の歌は、心地よい暖かさや、涙ぐましい美談を脱ぎ、もっとわけのわからない人間の深層に下りてゆくことになった。深く静かに疑ってみる勇気の大切さ、定型に安住しない新しいリズムの可能性の追求などを、前衛といわれる作品群は、いまもなお強く訴えかけている。

「家族の歌」は、近代を経て、戦争という過酷な状況をかいくぐり、「前衛」という理論と方法を柔軟に取り入れながら、短歌そのものの自己変革にひったりと寄り添いつつ、大きな変容を遂げたのだった。

五　現代の家族の歌

I［たちまちに君の姿を霧とざし］

近藤芳美

営庭は夕潮時の水たまり処女《をとめ》の如く妻かへり行く　『早春歌』

近藤芳美は、昭和二十三年（一九四八）に処女歌集『早春歌』と、第二歌集『埃吹く街』を上梓している。年齢的には三十代前半の作品集となる。青春歌集である『早春歌』には、みずみずしい相聞歌が数多く含まれている。

たちまちに君の姿を霧とざし或る楽章をわれは思ひき　（同）

中でも、この一首は、時代を越えて親しまれている青春歌のひとつだ。それに対して、「営庭は」のほうは、ただみずみずしい若人の歌とばかりはいえない、戦争を背景にした暗い時代の影を負っている。「営庭」とは、兵の居住する軍営にある広場のことで、ことあれば軍装に身を固めた兵隊がものものしく集《つど》う場所だ。そこを作者との面会を終えた若い妻が、独り帰ってゆく夕べの情景だろう。広場に夕方の潮が溜まって足もとがおぼつかないところを、強健な兵とは似ても似つかない華奢な後ろ姿の若妻が帰っていく。清らかな少女のような背を見送りつつ、思いを深くしている作者だ。

戦時という異常な状態にあるときにこそ、よりいっそう家族は結束を固くした。結婚して、まだ年月の浅い二人の心の結びつきは、こうした場面を経て、さらに強固なものとなってゆく。掲出歌は、戦時の健気《けなげ》な若い夫婦の家族の歌として忘れがたい。

一方、緊迫した戦争がついに終わって、徐々に日常の生活へと帰り、平穏な情勢となったときの近藤芳美の歌に、つぎのような一連がある。

朝鮮に産を失ひ帰り来し父と住み合ふ冬を越すべく　『埃吹く街』

苦しみて負ひ帰りたる荷の中に父は持つロータリー会員の匙　（同）

弱り居し布団の布地横に裂け妻と吾とは背を合せ寝る　（同）

枯草の夕日に立てり子を産まぬ体の線の何かさびしく　（同）

二人とも傷つき易し子が欲しと言ひし事より小さきいさかひ　（同）

戦後、中国大陸や朝鮮半島から引き揚げてきた家族は、貧しく苦しい生活を余儀なくされた。かつての恵まれた生活への郷愁は、いかばかりだっただろう。ロータリークラブの会員である証の匙を持ち帰った父親を、若い作者は同情とともにやや批判的に見ているのだろう。また、父や弟との同居は、若い夫婦の生活に緊張感を強《し》いたにちがいない。家族が一緒に暮らせる喜びよりも、なんとも形容しがたい家族同居の焦燥感が濃く漂っている。

「処女《をとめ》の如し」と危ぶみ愛《め》でた妻に対しても、労《いた》わりとともに、ときには自我の摩擦もあり、思いは複雑に屈折する。小さな諍いは、不幸の最中にはかえって起こりにくく、幸せなときにこそ頻発するというのも、なにか人間の御しがたさを思わせて印象的だ。人間の不可思議な本質を、もっとも鋭敏にあぶりだすのが「家族」かもしれない。

半田良平

みんなみの空に向ひて吾子《あこ》の名を幾たび喚《よ》ばば心足りなむ　『幸木』

親にとって、子供を失うこと以上に悲しいことが、ほかにあるだろうか。子を殺《あや》めるニュースが絶えない現在、この歌の親心は、人間の本然に立ち返って、深く物を思わせるものがあって、ことさら身に沁みる。

半田良平は、明治二十年（一八八七）生まれだが、昭和十七年（一九四二）、十八年に次男と長男を続けて病で失い、十九年には、残った三男をも戦地サイパンで失った。『幸木』は半田没後の昭和二十三年（一九四八）に刊行されたもので、半田自身は敗戦の年の二十年五月に病没している。

体調もすぐれないところに、三人目の息子を失った衝撃はいかばかりか、想像を超える。

死にし子は病み臥してより草花をいたく愛《め》でにきと妻のいふかも　『幸木』

子の臨終《いまは》静かなりきと聞くだにも目頭《めがしら》熱くなりて涙す　（同）

独《ひとり》りして堪へてはをれどつはものの親は悲しといはざらめやも　（同）

人ならば吾をさいなむ『運命』にをどりかかりて咽喉締めましを　（同）

はじめの二首は病没の子を詠ったもので、うしろの二首は戦死の子を詠っている。

病気で子を失ったときの歌は、妻の「草花をいたく愛《め》で」た、という言葉を配したり、「臨終《いまは》」は静かだったと語る人を配して、深い諦念のなかにも、ほのかな温かみを漂わせ、静かな慰めの気持ちに満ちている。

一方、戦死の子の歌は、激しい。「みんなみの」の歌では、「幾たび喚《よ》ばば」と振り絞る痛切な声を想像させ、「心足りなむ」とけっして慰むことのない概嘆を訴えている。「歌」という言葉の語源は「訴える」だとの説があるが、まさに歌でしか吐露することのできない強い悲しみが噴出している。

最後の歌は、もし「運命」というものが人に置き換えられるならば、自分を苦しめるその咽喉元を締め上げてやりたいと、やり場のない気持ちを擬人法に託して印象的に詠っている。

戦争がもたらした、もっとも悲惨な家族の姿を、くっきりと刻印した歌だ。

佐藤佐太郎

わが妻が身重《みおも》になりて折々にみにくき事のごとくに疎《うと》し　『歩道』

佐藤佐太郎の第一歌集『歩道』は、昭和十五年（一九四〇）に刊行された。都会の片隅に暮らすつつましい庶民の情感を丁寧に掬い上げ、生活のなかから詩的感動を抽出し、詠いとめた歌集として評判になり、新しい短歌の可能性を世に示した。

ここにあげた一首は、身ごもった妻をただ単に讃美し、労《いたわ》るという従来の模範解答的な形式的な見方ではなく、さまざまな感情のなかから、ある特別な実感を限定して三十一音に定着させている。つねにこう思っているということではなく、「折々」に起こる感情のひとつを抜き出し、そこに人間の奥底を見て、生きるうえでの微妙な意味合いを味わおうとしている。

「家族」は、こうした微妙な生のニュアンスをたっぷりと抱え込んだ素材のひとつだろう。『歩道』には、妻を温かく見つめる、つぎのような歌もある。

妻のため氷をくだくゆふぐれに茅蜩《ひぐらし》啼けばかすかなる幸《さち》　（同）
樫《かし》の木の風にゆらげる音のして明るき隣室《りんしつ》に妻すわり居り　（同）

みづからの寂しきときに言《こと》にいでて妻いたはりぬあはれなりけり　（同）

第五歌集となる『帰潮』は、昭和二十二年（一九四七）から二十五年までの、戦後の日本の姿が庶民的生活のなかから詠みだされている。佐藤佐太郎は戦後の貧しさのなかで図書出版を手がけたり、養鶏を試みたりしたが、どれも成功しなかった。『帰潮』は、その貧困を背景に詠われた歌集だ。集中には、時代を象徴するような事件が詠み込まれているわけではないが、戦後の家庭生活の諸相が出ていて、まぎれもない時代の証言となっている。

金が欲しといふ妻をただ怒るなど偽《いつは》りながら生きにけらしも　『帰潮』
貧しさに耐《た》へつつ生きて或る時はこころいたいたし夜《よる》の白雲《しらくも》　（同）
まぼろしに似てきよきこと時に言ふ幼き者の常とおもへど　『形影』
あるときは幼き者を手にいだき苗《なへ》のごとしと謂ひてかなしむ　（同）
童女にもときに重厚のかたちありわれに向ひてもの言はず立つ　『開冬』
わが父母をあしざまに言ひしこともなき妻と思ひていまともに老ゆ　（同）
をさなごの母は即ちわが娘その母妻の尊くもあるか　『天眼』
半生を過ぎて感謝すわがめぐり長幼女性の声のやさしさ　（同）
われを救ふ力のひとつ愚痴多くなりつつ妻の身辺にあり　『星宿』
残生の短かき吾のわがままを許しいたはりくれしわが妻　『黄月』

昭和十年代から六十年代までの歌を並べると、年月を経るごとに、妻への感謝や女性の係累に対する思いが深くなるのがよくわかる。女性が、妻から母へ、母から祖母へと分厚い年を重ねつつ、家族の豊かな成熟を支えている例として、妻を対象にした作品をあげた。

生方たつゑ

絡みくる母性型のこともわづらはし鰤の魚卵を切りて煮沸す　『白い風の中で』

厨《くりや》で鰤《ぶり》を料理したときのものだろう。卵を抉《えぐ》るときに、臓物そのものの気持ちの悪さに拘泥するのではなく、それが母性の形を持っていることに作者は強く反応している。同じ歌集には、

シャーレーの中に菜種めく卵《らん》をうみて蛾がをりうつくしき陶酔のさま　(同)

カナリアがふたたび腐卵抱けれどもかがやく青菜われはととのふ　(同)

孵化ちかき虫の卵に火をつけて春を浄むる構図とせむか　(同)

といったように、卵にまつわる歌が多くある。この時期の作者の特異な視点のひとつだろう。

この当時は、嫁として旧家に入った女性は、跡継ぎを産むことを強《し》いられ、運命づけられた。旧家制度の余韻の残る時代であり、さまざまな重圧に押しひしがれ、筆舌に尽くしがたい苦しみも多かったようだ。群馬県沼田の生方家に残る窓のない塗籠壁《ぬりごめかべ》の嫁の部屋は、その圧迫感をよく伝えている。いまでも、地方によっては、その風潮がすっかり消えたというわけではないだろうが、女性の生き方の選択の幅は、当時に比べて格段に広がった。

はじめの掲出歌に、「絡みくる」「煮沸す」ともあるように、魚卵に象徴される母性を忌諱し、母性への過剰な思い入れを疎ましく思っているのだろう。旧弊のなかで抑えられた人間性の奪還を思う気持ちが、歌の背後に揺曳している。

生方たつゑは、温暖な伊勢の地から、寒冷な群馬県沼田に嫁いだ。名門のお嬢さんとしての安穏な生活から一転して、旧家の嫁としての厳しい結婚生活へと入ったのだった。

沼田町長であった夫が、戦後、初代の国家公安委員になったため、たつゑ自身も東京と沼田を往復することになったが、幼少期からの虚弱体質にはその多忙が身に応えた。歌には、病いのつらさに加えて、地方の因習の悩み、夫の親族との軋轢《あつれき》など、戦後まもない時期の「嫁」の立場がさまざまに詠まれており、古い家意識を引きずっていた時代の旧家の家族の姿がうかがえる。

歌集『白い風の中で』は昭和三十二年（一九五七）刊行で、読売文学賞を得た。佐藤春夫の序文があるが、生方は歌壇のみならず、文壇でも多くの知遇を得て、活動した。

われらより唯物的に傾きて思惟するかなや娘は単純に　『浅紅』

古き家にのこれる財によりかかる卑しき争ひの中に生ききぬ　『白い風の中で』
卵もちし鯉魚さきてゐてふと思ふきのふ女囚のだきし幼子　（同）
親犬が仔より奪ひし骨一つ酔ひつつ嚙めばわれも酔ひたし　（同）
兄の死にとほくきたりて蠟の灯をともす灯はみづみづとよりどころなし　（同）
みじめなる禱りのかたちなどするな母系未熟のまま竟るゆゑ　（同）

娘の新しい生き方への羨望、旧家を保つ難しさ、一族の生き方への反発、それに比べて本能のままの犬の親子の直截さへの共感など、昭和二十年代の女性の思いの一端がよく反映されている。

五島美代子

この向きにて　初《うひ》におかれしみどり児の日もかくのごと子は物言《い》はざりし
『新輯　母の歌集』

長女が生まれて、その日に初めて寝かされたときも、この方向に横たえられていた。そして、まだ言葉も知らず、見開くことも知らず、静かに寝ていた様子が思い出される。それは、いま横たわる死の床の静けさにあまりにもひったりと重なる。

昭和三十二年（一九五七）に上梓された『新輯 母の歌集』は、第三歌集『母の歌集』に次ぐものて、著者は早くから母性を詠う歌人として有名だった。

川田順は、美代子の第一歌集『暖流』（昭和十一年）の「序」で、『万葉集』においても母性愛の歌はすくないが、著者は「母性愛の歌によって、前人未踏の地へ健やかに第一歩を踏み入れた」と評価し、以後「母の歌人」の名を冠せられることになった。

しかし、皮肉なことに、その後、掲出歌で詠まれたように、長女ひとみを二十三歳での自死で喪う。また、次女は離婚を余儀なくされ、愛する孫とも離別することになった。

憤りむねにうづけば愛《は》しきやし胎児《たいじ》の血さへさわぎてをあらむ　（同）
母ひとりにうち明けること持ちて来て子の瞳《め》ひたひたわれに近寄る　（同）

といった母親としての自信に溢れた歌は、長く続くことはなかった。昭和二十五年（一九五〇）の長女の死を境に、急速にその陰影を深めた。

子によする切なき愛も吾子が言ふ自己陶酔に過ぎざりし吾か　（同）
わが胎にはぐくみし日の組織などこの骨片には残らざるべし　（同）
白百合の花びら蒼み昏れゆけば拾ひ残せし骨ある如し　（同）

みずから命を絶った娘を思う母の胸中は、さまざまに揺れ動き、無償の愛と思っていた子への愛情さえも、強い自我のゆえかとつらい自問を繰り返す。どのように考えても宥《なだ》めきれない思いが、「拾ひ残せし骨ある如し」という慨嘆に表われている。

子にひらくわが花あれば静かにてわれは居ながら海も山も知る　（同）
学問をあきらめし日のわが若き胎内にありて息づきし吾子　（同）
母われも育ちたし育ちたしと思へば　吾子をおきても行くなり　（同）

自覚的な女性の生き方と、そうはできない焦燥感、そして子への情愛と家庭の束縛など、複雑な事情が絡み合う時代状況が、「母の歌人」といわれる作者のうちにも厳然とあって、すらりとは解けない家族内の女性の位置がくっきりと浮き上がってくる。

石田比呂志

ひとつずつ妻の可能を断ち切りて来し過去いまも断ち切りている　『無用の歌』

作者は若冠十六歳で、石川啄木の『一握の砂』に魅入られ、歌人になることを決めたという。

早熟な文学少年であり、以後、文学のためにくり返し上京するが、生活が成り立たず、東京で文学の道を切りひらくことは、ついにできなかった。

結婚後の昭和五十七年（一九八二）にふたたび上京して、文学を志して自活の道を探ることになるが、このときも苦い挫折を味わう。夫の文学的理想を支えて身辺に添いつつ、その妻もまた貧しい生活に自己実現の足をとられたのだろう。

口開けて寝《い》ねたる妻を見下せばあわれ一人《いちにん》の生狂《いき》わせつ　（同）

不意のごと歩み来る妻よろめくと等量にしてわが挫折感　（同）

幾人を陥しめて富みし曾祖父を継がざる父と父の子のわれと　（同）

職もたぬ吾は来たりて書店《みせ》の中に働く妻を舗道より覗く　（同）

生活を支えてゆかん象徴とも涙ぐむまで太き妻の足　（同）

病み病みて衰えしるき妻を抱く思いきわまれば灯りを消して　（同）

『無用の歌』は、昭和四十年（一九六五）に上梓されたが、当時、著者は三十代半ばであった。新しい短歌誌を立ち上げて、それを一時休刊しての上京中で、さまざまな職業を転々とする安定しない生活のなかで詠まれている。家庭らしい家庭をつくれない夫の失意を反映して、さまざまな場面の妻の姿が克明に描かれていて、哀感を誘う。

当時、東京の人口は１２００万の大台に迫っており、地方からの上京者が多く、その年の二月には、日比谷公会堂で全国出稼ぎ労働者総決起大会なるものが開かれ、3000人が集まっている。人口や経済の一極集中化現象がいよいよ激しくなり、出稼ぎ労働者の上京急増を招き、都会もまた多くの矛盾を抱え込むことになった。

昭和三十五年（一九六〇）に始まった所得倍増計画は、四十三年に達成され、GNPはついに世界第二位となった。明治初年から数えて、ちょうど100年目のことだった。

家族の姿も変貌を遂げてゆく。東京では、高校進学率が86・8パーセントとなり、青森は54・3パーセントにとどまった。全国的に長欠児が増え、そのうちの半数は登校拒否児童であることも報告された。急激な経済発展による社会や家庭の歪みが反映された形だ。秋田県や鹿児島県では、家庭の健全化を図るために、毎月第三日曜日を「家庭の日」に定めたという。

経済の在り方が家庭に及び、妻や子供に及んで、家族の姿をしだいに変えてゆく。石田比呂志の妻の歌は、その時代の一つの典型のようにも思われる。

田井安曇（我妻泰）

少しずつ母の希いにたがいつつ母の晩年を生きて居しかな　『我妻泰歌集』

両親がともにクリスチャンであったために、田井安曇（我妻泰）は幼時洗礼を受けたという。

長じてからの市民生活を通しての政治問題への取り組みや文学活動などに、真摯な高い精神が感じられるのも、こうした幼児期の家庭の在り方によるものだろう。

文学は日常の市民生活から切り離せないものとして、リアリズムと手触りを重んじてきた作者だが、母を詠んだ作品はふかぶかとした詩的深度があり、抒情ゆたかな一連だ。

今日母に会う白玉の骨ながら心臆しし少年として　（同）
わが蹉跌の歩みは母に告げざれば暗黒を知ることなく逝けり　（同）
輝きて今わがうちを発つ母の方舟のごとき黒き柩よ　（同）
母ころし終えたるわが目立ち上がる時ことごとくうらがえり見ゆ　（同）

誰しも母の存命中は、その期待に応えたいと願うのが、ごく普通の感情だろう。反抗的であったとしても、それは母の関心を得たいと強く願う反面的行為であることもすくなくなく、母の存在は子にとって大いなる励みでもあり、またこれ以上ない重い枷《かせ》でもある。

「少しずつ」という歌では、「願い」ではなく、「希い」と表記されている。そこに、はかなく切ない、秘めた希望が託されているように思われる。「母の晩年」と断られているところには、冷静な、思慮深い作者の眼差しが感じられ、母から見た自分の立場が自覚的に描かれている。

ほかに、家族や親族を対象にした、つぎのような印象的な歌がある。

弟の家族を見ればしあわせは清く貧しく今日も在り得つ　（同）
はらわたをあぶらるる如き責めひとつ負えりと妻にさえも知らゆな　（同）
妹の婚には未だうらわかくはや累卵の性もちている　（同）

滝沢亘

鰯雲北にかがやきこころいたし結核家系われにて終る　『白鳥の歌』

秋の空に浮かぶ細かい雲の群れは、遠い郷愁を誘う。ことに不治の病を抱えた身には、きらきらした光が痛々しいほどに心に触れるのだろう。

作者は、昭和四十一年（一九六六）五月に結核で亡くなった。

昭和十年代半ばの中学生時代に発病し、長い闘病生活の果ての四十一歳の死であった。婚約者はあったが、ついに結婚をすることもなく亡くなった作者は、ある安らぎを得たように思われる。病を引き継ぐ子孫など残すことなく家系を断つことの寂寥感と潔癖感がないまぜになっている。すっぱりと言い切った結句がいつまでも余韻を引くような一首だ。

妻子もたぬこころ病ひのごとく鋭しカレーの匂ふ路地を抜けつつ　（同）

四十歳に近づく顔にあらはれて憎みし父の部分、母の部分　（同）
われの死を待ちて喜ぶ者のうち確実に肉親の一人二人三人　（同）
無頼なる父に泣き合ひし生母さへ長病めばいまは見舞にも来ず　（同）
かくのごと湿りし夜半に受胎されしわれかと思ふ父母を愛せず　（同）

実の父母と折り合いの悪かった作者の、苦渋に満ちた「家族の歌」である。結核の悪化も、こうした家族のなかではやむをえなかったのかもしれない。特効薬ストレプトマイシンが発見されたのは昭和十九年（一九四四）ごろで、滝沢の発病後まもなくであった。新薬の発見で、昭和二十八年に292万人あった結核患者は、昭和六十一年（一九八六）には28万人に激減する。以後、結核は不治の病ではなくなり、結核家系も実質的になくなるのである。

妻と称ぶ日などのありや顎の下を剃りくるる指に葱のにほひす　（同）

Ⅱ「父の名も母の名もわすれみな忘れ」

前川佐美雄

父の名も母の名もわすれみな忘れ不敵なる石の花とひらけり　『大和』

父の名は、前川佐兵衛。母の名は、久菊。明治三十六年（一九〇三）二月、奈良県忍海《おしみ》村生まれの作者は、地域の首長である祖父やゴッドマザーの祖母もまだ健在な、名門の隆盛時に誕生した。十一歳で短歌を作るなど、文学に親しむ少年は、そのまま青年となり、家業を忘れて文学活動に勤《いそ》しんだ。

「不敵なる石の花」とは、作者の心のうちにある反骨精神の花なのかもしれない。

佐美雄の母、久菊の実家である臼井家は、老舗《しにせ》の呉服屋の分家だった。大阪の梅花女学校では山川登美子と同級であったというが、家事のために中退している。風流を解する育ちであったために、土豪である前川家とは相入れない気質であった。

短歌に傾倒する佐美雄にとっては、じつにやさしい味方であり、こよなき理解者であったようだ。家業に馴染まない彼を擁護して、みずからの立場を悪くすることもたびたびだったという。

病弱な母への佐美雄の思いは異常に篤く、幼児が母に接するときのように、母は絶対的存在であった。

同胞《うから》みななくしたまひてわが母は楓《かへで》芽を吹く家にかへらせり　『春の日』
柿若葉しげりて暗き家のうちにいのちたもたす母を見にけり　（同）
かかる家に嫁《とつ》ぎしゆゑに不孝者のわが親となれるわが母をあはれ　『植物祭』
もういちど生れかはつてわが母にあたま撫でられて大きくなりたし　（同）

母親は実家の親兄弟がことごとく亡くなって、天涯孤独の身となり、その病を深める。佐美雄は、自分がしっかりとしなかったために、前川家における母の運命を狂わせたという意識があり、つぎのような歌が詠まれる。

たつた一人の母狂はせし夕ぐれをきらきら光る山から飛べり　『大和』
野にかへり春億万の花のなかに探《さが》したづぬるわが母はなし　『白鳳』

暗い屋敷の奥に閉じこもる生活を余儀なくされていた母を、ひろく伸びやかな花野に解き放ち、豊かな自然のなかで自在な生を満喫させたいという作者の思いが横溢していて、こうした幻想的な風景が紡ぎだされたのだろう。昭和初期の新興芸術派運動の影響を強く受けつつ、もっとも身近な母を詠んだ印象的な歌である。

葛原妙子

胎児は勾玉なせる形して風吹く秋の日発眼せり　『葡萄木立』

胎児の眼ができるのは、受胎後何日ぐらいなのだろう。お腹のなかの子がどのくらい大きくなっただろうかと日々思い、子供の誕生を待ち望む気持ちは昔も今も変わらない。しかし、いつ眼ができるのかということに、特別に注目する人はあまりいないのではないだろうか。作者は、眼を介して胎児や嬰児を詠むことが多い。

水中にみどりごの眸流れゐき鯉のごとき眸ながれゐき　『原牛』

昼の視力まぶしむしばし　紫陽花の球に白き嬰児ゐる　（同）

みどりふかし母体ねむれるそのひまに胎児はひとりめさめをらむか　『葡萄木立』

ふとおもへば性なき胎児胎内にすずしきまなこみひらきにけり　（同）

扉《と》のすきに眸ひそかにとどまれるをのこ児《ご》紙のこどもともみゆ　『朱霊』

肉親の汝《な》が目間近かに瞬くをあな美しき旅情をかんず　（同）

胎内に見開く澄みきった眸は、ただ清いとばかりはいえない不気味さをも漂わせている。どの歌にも従来の価値観とは違った見方があり、それが読み手に何かよくわからない不安感や動揺を与える。眼に対する異常な関心は、どこから来るのだろう。

葛原妙子は、二十歳で結婚し、二十一歳で長女、二十七歳で長男、二十九歳で次女、三十四歳で三女を出産している。その間、二十四歳で左肋骨カリエスの手術を受けた。その後もときを経てだが、肺炎や視野狭窄などの眼疾を患っている。四度の出産や、カリエスなどで身体的な激動が続いたのだが、それが歌の芯に響かないわけはない。生と死を濃厚に感じ取る体質が、まず歌の下地にある。

葛原の歌について、梅田靖夫が、単なる幻想や幻視ではなく、「生理的な妄想」と呼ぶべきだ、というのも大いにうなずけるところだ。眼への執着は、鮮明にものごとの本質を見極めたいという願望の表われでもあり、新たに開拓されてゆく美意識の源でもある。外界を鋭く捉え、認識する前衛的視点もここから発芽する。

子を産むことの是非と女性の自己実現、そして子孫を残すことへの不安感など、現代に架橋する多くの危惧を孕み持つ歌が、葛原によって詠まれた。

奔馬ひとつ冬のかすみの奥に消ゆわれのみが累々と子を持てりけり　『橙黄』

小さなる心臓燃えて赤子はあらしの夕《ゆうべ》母に抱《いだ》かれぬ　『葡萄木立』

一瞬のわれを見いづる父なく母なく子なく銀の如きを　（同）

をさなごの指を洩れゐるものあまた　花絡《はなづな》のごときもの　星のごときもの　（同）

山崎方代

私が死んでしまえばわたくしの心の父はどうなるのだろう　『こおろぎ』

短歌新聞社文庫『こおろぎ』（昭和五十五年）の解説は、鎌倉瑞泉寺の住職大下一真が書いている。「戦地で一眼を失明、生涯妻子を持たず定職を持たず、家とは呼べぬ小屋に住み、酒を愛し、故郷を恋いつつひとすじに歌を作り続けた、というのが一般の人が抱く山崎方代のイメージである」と、方代伝説について述べ、それのすべてが事実というのではなく、方代自身もその伝説の世界を演じ続けたようだという。

歌集の評価が定まってからは、生活が落ち着いて、人並みの暮らしになっても、文学的に形作られた「漂白の歌人」というイメージを壊すことなく、恵まれない境涯の放浪歌人として詠い続けたという。

そうしてみると、父の歌もすべてが真実というのではないのかもしれない。末っ子として父の初老期に生まれた方代には、亡き父の歌が数多くある。方代は、父が六十五歳、母が四十四歳のときの子供だった。

屁をひとつ鳴らしたのみにて父上はこの世の中から消えていったよ　（同）
これやこのわれとて水呑百姓の父の子なりき誇らざらめや　（同）
いつまでも頭の中に生きている貧しき父は爪噛んでいる　（同）
亡き父のシャッポがわたしのさいづちにぴったり合えり驚きにけり　（同）
よいどれの父になぶられいる母のひたにおびえて幼年過ぎき　『方代』

父は事業家肌で、さまざまな仕事を興すが、失敗の連続で、暮らしは苦しかった。母の死をきっかけに、当時、二十三歳の方代は、もう九十歳に近かった父と故郷の山梨県東八代郡右左口《うばぐち》村を出て、横浜の姉のもとに寄宿することになった。

父が亡くなったのは、方代が従軍してジャワやチモールを転戦していた昭和十九年（一九四四）一月で、そのときすでに九十四歳だったという。最後を看取ることがなかった方代は、「父よ、お許しあれよ」と書き残している。老年期に入った父の姿しか知らない作者だが、それだけに末っ子の甘えと親恋しさが胸の奥底にあったのだろう。

父の人生を「屁ひとつ鳴らしたのみ」と喩え、やるかたなく爪を噛む父の寂しさを思い、その父と同じ頭の形に感慨を深める作者の心のうちの父は、作者が生きているかぎり消えなかった。死者を記憶する者がすべて死んだときに、死者はほんとうに死ぬのだろう。

『氷湖』

父の外に立ちいる決意少年に氷湖は固き風景となる

武川忠一

作者は、大正八年（一九一九）、長野県の諏訪に生まれた。作中の「氷湖」とは諏訪湖のことだ。諏訪は糸魚川静岡構造線に沿った盆地で、中央高地型気候区にあり、夏は高温、冬は寒冷な、厳しい気候である。

冬季、諏訪湖は結氷してスケート場になる。氷の表面が盛り上がって割れ、御神渡《おみわた》りという神秘的な現象が見られることでも有名だ。

こうした風土に生い育った作者は、ごく自然に自己をじっと見つめる内省的な青年へと成長する。父は旧家の出であり、正業に就かずに書画骨董に凝り、自由奔放に振る舞った。病弱な母は無償の愛情を作者に注ぐのだが、地域の保守的な風習など、身を圧しくるものに押し潰されそうな息苦しい環境から脱するべく上京する。

「父の外に立ちいる決意」とは、単に父の存在だけにとどまらず、風土をも含めて、すべての権威と保守的なものへの反骨精神を象徴している。氷結した湖は、まさにたやすくは溶けない青年の決意を表わす「固き風景」であったのだろう。象徴的に詠われたその父は、作者が大学に入学した年に死去した。
無償の愛を注いでくれた母を詠んだつぎのような歌があり、きれいごとではない親と子の関わり、肉親ゆえの本音が率直に詠われていて、心に沁みる。

廊下這う着物の裾は乱しつつ誰にもこの母をみられたくなし　（同）

母の尊厳を思うがゆえの「みられたくなし」であり、乱れた姿を恥ずかしく思うがゆえの「みられたくなし」であり、大切なものが毀損《きそん》されてゆくかなしさゆえの「みられたくなし」でもある。実の母だからこそ、「みられたくなし」という端的な一語に込められた情感は、複雑で、奥行きが深い。母は作者が三十九歳のときに、亡くなった。

たまさかに舞いくる雪の夕日かげ家跡にきて遊べ父母《ちちはは》　『秋照』

昭和五十六年（一九八二）の『秋照』では、このように詠い、放埒《ほうらつ》な父を許し、故郷を愛しみ、なによりもやさしかった母を偲ぶ思いが静かに溢れている。すべてを受け入れ、包み込んだ究極の家族の歌といえよう。

河野愛子

ベッドの上にひとときパラソルを拡げつつ癒ゆる日あれな唯一人の為め
『木の間の道』

河野の父は軍人であり、夫もまた軍人だった。

八月十七日参謀本部に夫をたづねひと度は死にゆく君と思ひき（同）

箪笥に夫が参謀肩章はすでに用なき縄のごとしも（同）

といったような敗戦直後の歌を残している。戦争終結の安堵とともに、価値を失った軍人の妻の寂しさも漂う。

病弱で、長く結核に苦しみつつ作歌を続けた作者は、戦後もついに子を持つことはなかった。ただ独りの家族である夫がすべてにおいて頼りであり、生きがいであり、わがままを託しうる唯一の対象であった。ベッドの上で広げるパラソルは、楽しく健やかな外出を連想させる。自由の象徴であり、はなやかな若さの証でもあったのだろう。「唯一人の為め」というところに、作者の絶対的な信頼感と、ほのかな甘えが滲んでいて微笑ましい。

愛らしいエゴイストだと云はれしに凭れてゆけばかばひ給ひき　（同）
丈夫になる吾を願へる夫ありて今宵も細き注射器を煮る　（同）
今日癒えし人のよそほひの肩うすく帰りゆきますよ其の夫のもとへ　（同）

一首目は、「愛らしい」「エゴイスト」「凭れる」「かばう」という言葉の巧みな斡旋で、男女の微妙な情感の機微をうまく捉え、夫婦の関係をくきやかに描き出していて忘れがたい。庇護されることの匂いやかな恍惚感が、若い息吹きとともに伝わってくる。

塚本邦雄

頭巨き父が眠りてわがうちに丁丁と豆の木を伐るジャック　『日本人霊歌』

雲の上の巨人が追いかけて来ないように、ジャックは必死になって豆の木を切り倒し、あやうく難を逃れ、宝物を手に入れる。牛と交換に手にした豆の種がぐんぐん伸びて天に届き、ジャックはそれを登って、巨人の家に行ったのだった。イギリスの民話「ジャックと豆の木」は、北欧に起源があるという。ここでは、少年にとっての大いなる権力者である父親からの脱出、自立のモチーフとして使われているだろう。

塚本邦雄は、私的日常はいっさい詠わない歌人だ。戦後短歌の根本的改革を率先して引き受けて、理論、実作両面において精力的に執筆活動を続け、革命的な仕事を成し遂げた。戦後の「第二芸術論」に真っ向うから立ち向かい、歌壇内外においての徹底した論戦を厭わなかった。比喩の可能性をとことん追求し、虚構の有効性、美意識と批評精神の徹底を期した短歌史上の巨人として不滅の名を残している。

昭和三十三年（一九五八）に上梓された『日本人霊歌』は、昭和三十一年（一九五六）から三十三年までの四百首を収める第三歌集である。歌集の解説に「〈日本人霊歌〉は、〈黒人霊歌〉の本歌取的題名である」として、菱川善夫は次のように述べている。

「黒人霊歌が〈逃避〉と〈解放〉を主題としているように、『日本人霊歌』の中でも、日本人がおかれている苦しい現実からの〈脱出〉や〈解放〉が主題となっていることは言うまでもない。はたして脱出や革命は可能なのか——」

作歌当時は、戦後十年余であり、敗戦の記憶がまだ残る巷《ちまた》に、またもや朝鮮戦争が起こり、さらにソビエトのハンガリー制圧などの危機が重なる。世界のどこにも脱出可能な地はないという救いがたい逼塞《ひっそく》状況にあった。

どこにも脱出できない焦燥感は、国家レベルでの深刻さとは別に、日常の身辺にさまざまなかたちで存在した。庶民の心のなかには、もうすこし身に引きつけた形で認識され、たとえば家族の断ち切れない血の問題と結びついたり、国家の最小単位としての「家族」を問い直す意識へと結びついてゆくことになった。

社会批評の際立った歌集『日本人霊歌』は４００首を収めているが、そのうち、「家族」という言葉が入っている歌は16首、「父」は22首、「母」が14首あり、合わせて52首となる。歌集の13パーセントにあたり、これはかなり多い数といっていいだろう。すべて事実に即しているわけではないが、虚構として、より意識的に「家族」に視線が向けられていることは、興味深いことだ。

もろき平和いたはり来つつ冬ふかき夜の花鰧《はなをこぜ》つつける家族　（同）
さむき晩夏、ゆるしあふことなきわれら家族の脂泛かぶ浴槽　（同）
ともぐひのごとく相寄る藝術家一家に煮つまれる苺ジャム　（同）
生きいきとにくみあひつつ夏近くなりぬ伽羅蕗《きやらぶき》食ふ家族たち　（同）
酷寒の母の命日　アフリカであたらしき瀑布《たき》が発見されて　（同）
養老院へ父母を遣らむとたくらむに玩具のバスの中の空席　（同）

家族を詠うとき、かなりの頻度で食物が出てくるのに目を引かれる。オコゼ、苺ジャム、蕗、乳酸、餅、牡蠣などである。国家からの脱出は、突き詰めていくと、家からの、血からの、生きることからの脱出へとさかのぼり、より根源的な命の問題に行きつく。食のはらむ俗性と聖性が、これらの食事の歌の背景にほの見える。それは、血に繋がる「家族」と密接に結びついて、人間の存在、命そのものへの告発となっている。

にくしみゆたかにみのりてここに麦秋のみづからを収穫《とりい》るる家族ら　『水銀伝説』
うすぐらき孔子のことばかざりたる父よりのたまごいろの絵葉書　（同）
市《まち》なかに北国の蕗丈なせり斯くみどり濃し未婚のものら　（同）
父とわれ稀になごみて頒《わか》ち読む新聞のすみの海底地震　（同）

上田三四二

たすからぬ病と知りしひと夜経てわれよりも妻の十年《とせ》老いたり　『湧井』

昭和四十一年（一九六六）、作者は結腸癌を発病し、大きな転機を迎える。若いころから結核に苦しんだが、四十代半ばのこの病は、「たすからぬ病」との認識から、夫婦ともに絶望の淵に沈みこんだのだろう。「われよりも妻の」というところに、いたわりと不憫さが滲む。ふだんのささいな諍いはそれはそれとして、長く連れ添った夫婦の、いつに変わらぬ姿がここにはある。

作者は、評論、小説にも豊かな才能を発揮したが、とくに短歌においては魂の浄化と安息を第一義に考え、平易な言葉で深く静かな境地を切り開くことに力を注いだ。作品は泥のような苦悩を詠っても、まるで祈りのような清らかな印象を残す。

「ちる花はかずかぎりなしことごとく光をひきて谷にゆくかも」「死はそこに抗ひがたく立つゆ

ゐに生きてゐる一日《ひとひ》一日はいづみ」（『湧井』（昭和五十年）など、病を得てからの歌はことに透徹している。

六十一歳のときの前立腺腫瘍での入院に際して書かれたエッセーで、つぎのように述べている。「十八年前の動揺はしかし、この程度で済むことではなかった。私は身も世もあらずわが不運をなげき、匿《かく》された病名に死の予告を読んでおののいた。まさかと思っていたことが事実となってわが身の上に落ちてきた駭《おどろ》き――四十二歳の私にとって死はまことなじみがたく、したいことは山ほどもあり、子どもはまだ小さく、母子家庭の語が死の恐怖を現実のいろに染めた」（『短歌一生』「わが来し方」）

刻《とき》はいま黄金《きん》の重みよ惜しむべきなごりは妻に子にしたたりて　（同）
あかつきの目覚めは汗をともなひて感情は夢のなかも波立ちぬ　（同）
妻と子のゐぬ正月のやすけさの三日へてこころ荒れゆくあはれ　（同）

一、二首目は入院直前のものだ。三首目は、退院して数年後の心境が詠われている。別れを思うほど切迫した一刻一刻の金色の時のしずくは、無事に退院をしたあと、自然に日常のなかに吸収され、「妻と子」のいない開放感に満ちた時間を欲する。しかし、数日経つと、妻子の不在に精神が不安定になるという。家族とは、じつに厄介な荷物であり、また同時に、ほかにどのような代替物もない宝でもあるということだろう。

歌は「時間に寄せる嘆きである」といい、歌は「浄念でなければならない」という作者の家族の歌は、病苦を経て、いっそう澄み、静かで、しかも不思議に明るい哀感を帯びている。

岡井隆

母の内に暗くひろがる原野《げんや》ありてそこ行くときのわれ鉛の兵　『斉唱』

昭和二十一年（一九四六）、作者が二十八歳のときの歌だ。

青年の父親への反発と反逆は、対立項が比較的くっきりとしている分、わかりやすく、ストレートな感じがする。一方、母に向ける息子の反逆心は、より複雑で、一直線にはゆかない曲線的な趣きがある。父が一枚岩のように立ちはだかる障害物ならば、母はずっぽと足を取る沼のような障害物に思われる。

母親の内部に広がる「暗き原野《げんや》」とは、そんな捉えどころのない原始的な非論理的な世界であり、産土《うぶすな》の風土であり、容易に断ち切ることができない、血に溶け込んだ異郷でもある。病弱だった母の庇護者のような立場を取るつぎのような歌には、メルヘンのやさしさとほのかな哀感が滲んでいる。

ピアノの音が跳ねまわっている午過ぎの部屋なりしかば母直ぐに去る　（同）

眠られぬ母のためわが誦《よ》む童話母の寝入りし後王子死す　（同）

禱《いの》りの歌ひびきてすでに闘わぬ城あるらしも母の庭には　『土地よ、痛みを負え』

岡井隆の作風は、時代や年齢に即して大きな変化を遂げる。つねに鋭い問題意識を世に投げかけ、試験的な大胆な手法を駆使して創作するために、固定した自己模倣的な作品はまったくない。その作風は、三枝昻之によると、四期に分けられるという。第一歌集『斉唱』（昭和三十一年）までは第一期にあたり、「アララギ」の写実主義に基づく初期世界とされる。父に対する信頼感をごく率直に詠んだ初期の歌がある。

ただ一度となりたる会いも父のへに小さくなりて答えいしのみ　『斉唱』

父弘、母花子は、ともに「アララギ」の会員として、すでに歌を詠んでいた。この歌のように、父に連れられて、おりおりに歌会に行ったのだろうか。土屋文明の選歌を受けていたころのひとこまと想像される。ここでの「ただ一度となりたる会い」は、斎藤茂吉との出会いだった。素直な歌の形と無理のないリズムが、青年の初々しさを連想させてほほえましい。

茂吉の死に際して詠われたのだが、大歌人を前にして、父でさえ緊張していたろうが、その父の片隅にさらに固まった青年がいた。歌だけを読むと、父のうしろに隠れている様子はまるで幼児の姿のようだ。のちに、その巨人茂吉の枠を大きく脱して、歌壇全体を牽引する、力強い指導力を発揮する者の姿は想像できない情景だ。

庇護は束縛の別名でもあり、こののち父は、伝統や、家や、神などに姿を変えつつ、つぎのように詠まれてゆくことになった。

父よ　その胸廓ふかき処《ところ》にて梁《はり》からみ合うくらき家見ゆ　（同）
烈しく君が反動と呼ぶものを守る唯一として父はあり　（同）
妹を呼びかえす声父よりも鋭し日本の〈家〉の奥から　『土地よ、痛みを負え』
父よその背後はるかにあらわれてはげしく葡萄を踏む父祖の群れ　（同）
父よ父よ世界が見えぬさ庭なる花くきやかに見ゆといふ午《ひる》を　『天河庭園集〔新編〕』

森岡貞香

拒みがたきわが少年の愛のしぐさ頤に手触り来その父のごと　『白蛾』
いくさ畢り月の夜にふと還り来し夫を思へばまぼろしのごとし　（同）
月光に黒き棘となりし裸木の影の中に這入りぬ貞女となれよ　（同）

剃りあとの青き片頰がまぼろしに見えつつぞあり昏るる墓碑面　（同）

作者の夫は軍人であり、第二次世界大戦の際、中国山西省に参謀として派遣された。終戦後、帰国するが、翌年、急逝する。以後十年、売り食いの生活に入った、と年譜にはある。子供は、まだ六歳だった。戦後の混乱期に、幼い子を抱えての病弱の身に、さらに過酷な生活がのしかかることになった。

二首目のように、「月の夜」に「夫」が帰ってきたのは、まるで幻だったかのようにはかない逢瀬であり、つかのまの家族の平安だった。三首目の、「月光」の「裸木の影」は、作者を閉じ込める檻のようにも見える。時代の風潮からも、貞女であらなければならなかっただろう。自発的な自戒の念としても、それは時代の価値観のなかでの決意に重なるものだろう。

一首目は、遺された幼い息子の甘える動作を写している。まるで夫がするように、下顎のあたりに触れてくる。少年ともなれば、甘えるしぐさの力もひときわ強くなり、その拒みがたい愛情表現にとまどっている作者の姿が見える。また、少年も、父のいない寂しさを無意識のうちに甘えのしぐさに込めているのだろう。

うしろより母を緊めつつあまゆる汝は執拗にしてわが髪乱るる　『白蛾』

力づよく肉しまり来し少年のあまゆる重みに息づくわれは　（同）

つくづくと小動物なり子のいやがる耳のうしろなど洗ひてやれば　（同）

III 【妻てふ位置がただに羨しき】

中城ふみ子

とりすがり哭くべき骸もち給ふ妻てふ位置がただに羨しき　『乳房喪失』

妻のある人を愛してしまった作者が、その人の死の際に、遺骸にとりすがって慟哭している妻を見て詠ったものだ。自分は、思い切り泣いて遺体に取りすがることは、けっして許されない。悲しみに暮れつつも、冷静に周辺を見つめ、おのれの立場を苦く嚙み締めている。

中城ふみ子は、乳癌によって三十一歳という短い生涯を閉じたが、その人生は起伏の激しい、燃え上がる情念の炎に焼かれるような日々だった。はじめての結婚で三男一女をもうけるが、九年後に離婚、その間、次男を喪っている。離婚の翌年に、乳癌のために左乳房を切除し、その翌年にさらに右乳房を切除、ついには肺に転移して、気道閉塞で亡くなった。

この闘病生活の間も、激しい恋をする情念は失うことがなかった。「大楡の新しき葉を風揉めりわれは憎まれて熾烈に生たし」「冬の皺よせゐる海よ今少し生きて己れの無惨を見むか」など、客観的に冷静に自己を見つめる強い自我に支えられた作品は、新しい抒情のあり方を示して大きな反響を呼んだ。夫、子供、恋人などを対象に物語性豊かな作品を残し、家族の歌にも新しい視点を拓いたが、あまりにも短命だった。「短歌研究賞」の第一回五十首詠に入選してから、わずか七か月後の昭和二十九年（一九五四）八月三日に逝去した。

掲出歌は、愛の歌のなかでも、もっとも烈しい情愛を詠っている。単なる死者を悼む気持ちではなく、人前をはばからず自分の感情を吐露できる妻という立場への嫉妬が詠まれていて、それがいっそう強く死者への愛着を示唆するという図式が、それまでになく斬新だった。

作者の夫と子供を詠んだ歌を挙げておきたい。

倖せを疑はざりし妻の日よ蒟蒻ふるふを湯のなかに煮て　（同）
背かれてなほ夜はさびし夫を隔つ二つの海が交々に鳴る　（同）
出奔せし夫が住みゐるてふ四国目とづれば不思議に美しき島よ　（同）
悲しみの結実《みのり》の如き子を抱きてその重たさは限りもあらぬ　（同）
縋りくるどの手も未だ小さくて母は切なし土筆の野道　（同）
春のめだか雛の足あと山椒の実それらのものの一つかわが子　（同）

昭和三十年（一九五五）前後は、「特売の不細工なる足袋買ひゆきて女はいまだ悲しみ多し」（『乳房喪失』）とも詠まれるように、まだ女性の社会進出にも限度があったし、巷ではいまだに売春が公然と行なわれており（昭和三十一年、売春防止法公布）、妊娠中絶も年間１００万人を越えていた。中城は、その時代に自己の欲求を通し、家族という塊としての安定より、一個の女としての納得のゆく生き方を果敢に選んだ。母の心中を『乳房喪失』の「後記」にこう記している。「内部のこゑに忠実であらうとするあまり、世の常の母らしくなかつた母が子らへの弁解かも知れないが、臆病に守られる平穏よりも火中に入つて傷を負ふ生き方を選んだ母が間違ひであつたとも不幸であつたとも言へないと思ふ」

馬場あき子

母の齢《よわい》はるかに越えて結《ゆ》う髪や流離に向かう朝のごときか　『飛花抄』

馬場あき子には、思いがけず母の歌が多い。とくに昭和四十七年（一九七二）に出版された『飛花抄』には、母を偲ぶ作品がひときわ多く、心引かれる。上梓当時、作者は四十四歳だった。母は作者が五歳のときに肺を病んで亡くなり、病臥中は祖母のもとで育てられたために、ほとんどその面影を覚えていないという。八歳で父が再婚し、その後は継母に育てられることになった。幼いうちに二人の母を持ち、母代わりであった祖母の影響も強かった。

四十代となった作者は、ある日、鏡に向かって黒髪を梳き、結い上げていたのだろう。二十代で亡くなった母の年齢をはるかに越えたいま、過ぎようとする若さを惜しみ、手に触れる黒髪を愛しく思い、深い感慨に浸った。これからの年月は、いままで以上に行方の知れない未知の時間であり、母のついに経験することのなかった未踏の空間なのだ。祖母から母へ、母から娘へと継がれてゆく血と情念とが黒髪に象徴されていて、印象深い。「朝のごときか」という結句には、歌全体に漂う哀感とともに、気丈に、凛として未来に向かう作者のさわやかな気構えが感じられる。

ごく幼くして亡くした母が、後年、頻繁に詠われ、存命である人よりも深く追慕されるというのは、そう意外なことではないのかもしれない。面影がないからこそ、その空虚な記憶の欠落を補うために思いは募り、濃くなり、切ない心の傷口は瘢痕《はんこん》として盛り上がるのだろう。多くある母の歌から抄出しておきたい。

母をしらねば母とならざりし日向にて顔なき者とほほえみかわす　『飛花抄』

母の精霊ゆくえしれざるそののちの風流風俗《ふりゆうふぞく》の夜々の盆唄　（同）

夭死せし母のほほえみ空にみちわれに尾花の髪白みそむ　『桜花伝承』

母を知らねば母がくにやま見にゆかんほのけき痣も身にうかぶまで　（同）

老いぬれば魂《たま》やみて臥す母の目のさくらを見ればほのかに泣けり　『月華の節』

亡き母はなほもわが身に生きたまひ寒のきはみの水恋ひたまふ　『ゆふがほの家』

寒水は白玉のごと胸腔にしばしるて吾子よ吾子よと呼ばふ　（同）

実母の記憶を持たない作者は、その後、結婚するが、自分自身の子は持たなかった。「イブ・モンタンの枯葉愛して三十年妻を愛して三十五年」「渾身をこむるといふは渾身はものを書く妻の背なに漂ふ」などと詠む夫岩田正とともに、論作両輪の活動に身を挺している。実母を喪った寂しさ、実子を持たなかった意志は、つぎのように詠まれている。

子とられし母はさくらの物狂い子を超ゆるものわれやもたりし　『雪鬼華麗』
植えざれば耕さざれば生まざれば見つくすのみの命もつなり　『桜花伝承』

雨宮雅子

係累につかざる覚悟　水打ちし鬼灯《ほほづき》の朱のかすか揺れをり　『熱月』
夢にさへ距《へだ》てられたる子となりてはやも測られぬ背丈を思ふ　『鶴の夜明けぬ』
雅歌よりの名をわれと子と領ちゐて距つ月日のときに光るも　『雅歌』
藤房は春の瓔珞《やうらく》ゆらゆらに思はれびとでありし日揺るる　（同）
捕虫網かざしはつなつ幼きがわが歳月のなかを走れり　（同）
キリストのよはひをこえし子の汝が酢のごとき匂ひ残しゆきたり　『秘法』

作者はかつて、事情があって、幼い吾が子と別れなければならなかった。夢にさえ別れた子とのはるかな距離を感じるまでに年月が経ち、その背丈も、もうすでに測ることがかなわなくなった。補虫網を持って元気に走り回る幼子の姿が、年毎の夏を彩り、過ぎ去った歳月をなつかしく、切なく思い起こさせるのだろう。

　のちに、三十代半ばとなった子に再会する機会を得たようだ。当時、クリスチャンであった作者にとって、「キリストのよはひをこえ」るということは特別に意味のあることだろうし、「酢のごとき匂ひ」という比喩にも、心の平安を乱す畏れが漂っているように感じられる。

　一方で、「百合の蕊かすかにふるふこのあしたわれを悲しみたまふ神あり」（『悲神』）という歌もあり、クリスチャンとしての確信に満ちた信仰生活を詠うというのではなく、敬虔な信仰心とともに、つねに揺れ動く心を失なわない人間としての真実を清冽に詠っている。後年、棄教の苦しみも味わう。家族に関する私的境涯の歌はごくわずかだが、掲出歌のように、「係累につかざる覚悟」として家族をことさら恃《たの》まない表明により、反面的に「家族」や「係累」への思いをくっきりと主張している。

　二十代半ばの洗礼によって、この世の俗事と隔たり、多くの病によって無垢な健全さと隔たり、父との断絶や離婚によって係累と隔たる経緯のなかで、毅然とした自立心と自制心とはるかなものへの憧れが研がれていったのだろう。

家族《うから》とは二人なることとはるのゆめ掘つて春蘭を咲かしむこころ　『悲神』

再びの婚によって、家族と呼べる伴侶を得ての一首。心でつながり、血につながらない他者としての二人が何物にも勝る「うから」となって、春の夢を紡いでいる。

稲葉京子

かたはらに眠る人あり年かけてこの存在を問ひ来しとおもふ　『柊の門』
魂のない人形のやうに爽やかに傷つかぬやうに逢はむ人あり　『ガラスの檻』
君がふと振り返りしを夜の駅の窓にかくれてわれは見てゐつ　（同）
もはや君を繋ぐものわが内ならで隈なく知られしのちのさびしさ　（同）
たづさへて生きて来りしあひ共に頒つことなき孤独のために　（同）

作者の第一歌集『ガラスの檻』は、昭和三十八年（一九六三）に上梓された。繊細で清らかな若い女性の心の機微を掬い上げ、透明感のある文体で独自の詩的世界を切り拓いた。一人の未婚の女性が結婚して子を得るまで、すなわちひとつの「家族」を脱皮して、次の新しい「家族」を築きあげるまでの心の起伏を辿ることができる。

二首目のように、柔らかで傷つきやすい魂を持つ作者は、深く心を寄せる人の言動に、ことさら鋭敏だったのだろう。なるべく傷つかないように、魂のない人形の心境で、その人に逢ったのだという。三首目は、駅で別れたあとに、その人が振り返った様子をひそかに見て、愛情の確かさを測る作者の像である。四首目では、すべてを知り合ってしまったのちの寂しさが詠われている。

それらはともに、情愛の深い作者ならではのモチーフであり、歌はそれにふさわしい文体で表現されている。人々はみな、このような心の過程を経て、一つの古い家族を脱して、新しい家族を持つのだろう。「あひ共に領つことなき孤独」を強く確かめ合いながら、いや、その深い癒しがたい孤独があるからこそ、「家族」という集団は、血のつながりのない一組の男女を最初の核にして、しっかりと成り立ってゆくものなのだろう。

一首目は、第二歌集に収められている。結婚から十数年経た伴侶を詠ったものだ。目覚めて、ふと隣を見ると、かたわらに夫が眠っている。夫と呼ぶこの人は、いったい誰なのだろう。長い年月をかけてもほんとうにはわかっていない部分が多く、その存在をなおも問い続ける。猥雑な日常に追い立てられて、家族の関係や生活に無頓着なことが多いのだが、ふと考えると、なぜここに、この人とともに寝起きをしているのか、つくづく不思議に思うことがある。「家族」は、問い詰めてゆくと分からなくなることの最たるもののひとつだ。

とこしへに吾を去りゆく季節あり母たちの列に加はる時に　『ガラスの檻』
そのせめもまたかへるべしかの日より吾を隔ててわが血輝く　（同）

わが今日の媚びもいやしさも見つくしてかたへ歩めるいとけなき子よ　（同）

われの「母」なる部分を食らひ尽くせしや何気なき語も男さびつつ　『槐の傘』

かつてその熱を計りし母の手は若き憂愁をはかることなし　『桜花の領』

結婚して、「母たちの列」に連なる女性の人生のなかには、失ったものと得たものがさまざまにある。子を得たことは輝やきの一つにはちがいない。しかし、血を分けた幼子への責任と、みずからが一個の命を生んだのだという不思議さに心がさやぐ。「家族」の不可解は、夫婦の絆の不思議を越えて、さらに血の絆という深い謎の領域をも抱え込むことになる。

石川不二子

囀りのゆたかなる春の野に住みてわがいふ声は子を叱る声　『牧歌』

作者は、エッセー「傍観的個人史」のなかでこう語っている。

「父親は明治十三年生れの古物だが、オールド・リベラリストとかいうやつで、母も大正の教育を受け、ヨーロッパで二年半ほど暮した人間だった」

さらに、歌にも、「ジャーナリスト多き血統に生れ来てのろくさき我がいささか可笑し」とあるとおり、一族には、リベラルで、時代の先端をゆく俊敏な感覚を持った人が多かった。しかし、本人は「牛のごとき女となれときほひたつ頬のほてりにうちつける雨」という一首にも明らかなように、東京農工大学農学部を卒業後、高校教師を経て、都会生まれながら、みずからの強い意志のもとに、島根県や岡山県で開拓酪農民となったのである。

鉛筆の心ほど青き茱萸の実の熟れなむ時に嫁《とつ》ぎゆくべく　（同）
見のかぎり花野が牧野にならむ日ぞやがてはわれも農の子の母　（同）
夜半醒めて引掻くごとくもの書くに動きやまざる胎内の子よ　（同）
牛の豚の人間の子の哺乳にて明暮るる農の主婦となりにき　（同）
荒れあれて雪積む夜もをさな児をかき抱きわがけものの眠り　（同）
みごもれるわれの手をもてくれなゐの悪露《をろ》したたかな牛糞を棄つ　（同）
吾子と手をつなぎゆくとき労働のほてりの残るわれのてのひら　（同）

『牧歌』から、たくさんの子供の歌を挙げた。開拓酪農家の生活は厳しい自然との闘いである。集団で共同生活を営む状況のなかで、懸命に農の仕事と育児をこなす作者の姿がよく見える。『牧歌』には、とくに幼い子供の歌が多く、どれもみな生き生きとした活力がある。「農の子の母」「牛の豚の人間の子の哺乳」「けものの眠り」という言葉には力強い手触りがあり、衒いのない現実の生活が伝わってくる。

掲出歌も、厳しく苦労の多い開拓生活のなかで、愚痴をこぼすことはまったくなく、逆に生きる力に満ち満ちた明るさが漂う一首だ。鳥のにぎやかな囀りと自分の子を叱る声を同等に扱い、春の野の活力が漲る。作者は、その後、五男二女を持つ逞ましい農の母親となったのである。

先のエッセーには、つぎのようにも書かれている。

「戦後十五年、八戸で共同入植できる土地はなかなか見つからず、やっと探し当てたのが島根県三瓶山麓の演習場跡地で、当時は和牛の放牧場になっていた。四十五馬力のトラクターを買うだけの借金をして、補助金で辛うじて食べていた。（中略）一戸あたり六畳一間、コンクリートブロックの壁の防水が充分できていなかったので湿気がひどく、窓枠が腐り、窓から吹込む雨や雪で畳が腐り根太がゆるんだ。実質六畳ない部屋で、わが家は親子七人が寝た。全く、産んだ私も私だ」（「傍観的個人史」）

昭和三十年代後半、折りしも経済の高度成長期に当たる時代に、こうした困難な生活を選びとった作者だが、「過ぎし日の苦労話は勲章のようなもので、並べてゆくのは実にたのしくきりがない」（「けものの眠り」）と、あくまでも明るく冷静で、客観的だ。子の歌も当然、湿潤な抒情からははるかに遠い。

一合の椎の実をひとり食べをへぬわが悦楽に子はあづからず　『鳥池』

寺山修司

そら豆の殻一せいに鳴る夕母につながるわれのソネット　『空には本』

この一首は、昭和三十三年（一九五八）に上梓された『空には本』の冒頭近くにある。その一首前に、

わが鼻を照らす高さに兵たりし亡父の流灯かかげてゆけり　（同）

という歌があり、すでに兵隊であった父親が亡くなっていることがわかる。少年はつねに亡き父を思い、はるかかなたに流れてゆく幻の燈籠を見送っている。本来なら、反抗しつつ乗り越えて行くべきその父を早くに喪っている。

そのことが背景にあって、冒頭の母の歌が詠まれている。空に向かっていっせいにひらく蚕豆《そらまめ》のたくましい実りは、心に翳りを持つ少年のやすらぎでもあり、心の源郷であって、それはそのまま母へとつながる心地よい歌でもあるのだろう。郷愁を誘うヨーロッパ近世の定型詩ソネットのあまやかさが一首全体に漂い、いまも多くの若者の愛唱歌となっている。

わが通る果樹園の小屋いつも暗く父と呼びたき番人が棲む　（同）

秋菜漬ける母のうしろの暗がりにハイネ売りきし手を垂れており　（同）
くちづけする母をば見たり枇杷の樹皮はぎつゝわれは誰をにくまむ　（同）
父の遺産たった一つのランプにて冬蠅とまれりわが頰の上　（同）
アカハタ売るわれを夏蝶越えゆけり母は故郷の田を打ちていむ　（同）
売られたる夜の冬田へ一人来て埋めゆく母の真赤な櫛を　『田園に死す』
亡き母の真赤な櫛で梳きやれば山鳩の羽毛抜けやまぬなり　（同）

昭和十年（一九三五）生まれの寺山修司は、昭和二十年に父を戦病死で喪った。母ひとり子ひとりの家族で、厳しい戦後生活を体験しなければならなかったのだが、まもなく母親は、生活のために青森に修司を残し、九州の米軍基地に勤める。

寺山には母の歌が多くあるが、どれもが事実というわけではない。「僕のノオト」には、「ただ冗慢に自己を語りたがることへのはげしいさげすみが、僕に意固地な位に告白性を失くさせた」と書かれている。

「亡き母」も「真赤な櫛」も、そのまま受け取っていいわけではないが、たった一人の子として母の強い束縛を受けた作者の切実な思いを反映した言葉として、その詩的真実を感じ取り、味わいたい。青森という風土を厭いつつも、逃れがたい愛着を持っていたところも、歌の随所に滲み出しているのである。

寺山は少年のころから長くネフローゼを患っていたが、昭和五十八年（一九八三）五月四日、肝硬変と腹膜炎のために、ついに四十七歳の若さでこの世を去った。戦後の第二芸術論への拘泥をはるかに抜けて、自由に短歌の可能性を試し、その活動範囲はジャンルを超えて、脚本、演出、映画、演劇など、広範にわたった。なかでも創作的人物を配して、家族の摩訶《まか》不思議な心の交流と停滞を詠いとめた短歌は、昭和三十年代の時代意識をより鮮明に表わしたものとして特筆すべきだと、わたしは思う。

春日井建

弟に奪はれまいと母の乳房をふたつ持ちしとき自我は生れき　『未青年』

『旧約聖書』の昔から、兄弟の葛藤は洋の東西を問わずさまざまなドラマを生んできた。アダムとイブの長子であるカインは、神への供え物にまつわる遺恨が元で、弟アベルを殺害した。農耕に携わったカインと、遊牧を業としたアベルの物語は、ヨーロッパの歴史と深いつながりを持った内容であり、いちがいに兄弟の確執の物語とはいいきれない面を持っている。しかし、エデンを追われたアダムとイブに人間の原罪を重ねるように、カインとアベルにはつねに兄弟の複雑な葛藤が重ねられて、時代ごとに物語化されてきた。旧聞だが、ジェームス・ディーンの主演映画「エデンの東」を思い浮かべる人は多いだろう。

「創世記」のなかで、すべての人類の幸と不幸、聖と濁が一対の男女の形成する家族を起源として語り始められたように、いまでも「家族」は生命の誕生のもっともオーソドックスな源であり、個々の自我の最初の一歩を促す地でもある。

掲出歌の、「弟に奪はれまいと母の乳房」を独占する幼児は、頑是ない幼さで、もう嫉妬のやけつくようなつらさを知ってしまっている。そのつらさこそが「自我」といわれるものの本質であり、歌はそこを鋭く突いている。ここから人は人としての一歩を踏み出す。

作者は、昭和十三年（一九三八）に歌人の両親のもとに生まれ、早くから文芸の雰囲気に親しんで育った。十七歳ごろからとくに短歌に親しみ、昭和三十五年（一九六〇）に二十歳までの作品三五〇首をまとめた歌集『未青年』を上梓して、「戦後短歌の一極点をきわめた」（磯田光一「熱き冷酷」の宴）歌人である。

「われわれは一人の若い定家を持ったのである」（三島由紀夫）ともいわれ、感受性豊かな、鋭敏な言語感覚を持つ少年の偽りのない心情告白が、古い短歌形式をとって語られたことは、ジャンルを超えた衝撃を呼び、多くの青少年の心を捉えた。

夜学より帰れば母は天窓の光に濡れて髪洗ひゐつ　（同）

赤児にて聖なる乳首吸ひたるを終としわれは女を恋はず　（同）

太陽が欲しくて父を怒らせし日よりむなしきものばかり恋ふ　（同）

喉しぼる鎖を父へ巻く力もつと知りたる朝はやすけし　（同）

別れきて吹雪ける夜の門を閉づあかせば父母はわがため哭かむ　（同）
父ときて田舟に乗れば水きよく風明りして揺るる青葦　（同）
踊りつつわれを呼びゐし妹がフロアの蠟の赤き火を消す　（同）

父母、弟、妹など、家族が詠まれている作品を『未青年』から抄出した。少年らしい反発と反骨のなかに、子への思いの深い父母の姿があり、妹へのほのかな愛情があり、父との穏やかな交流が詠い取られていて、明晰で生真面目な少年の実像が偲ばれる。

作者は平成十六年（二〇〇四）五月二十二日、六十五歳にして中咽頭癌で亡くなった。春日井建は異端児の歌を綴った歌集で一躍歌壇に躍り出たが、現実には家族への思いのひときわ篤い人であった。なかでも、つねに敬愛の的であった母についての歌を、最晩年の歌集『朝の水』から数首挙げておきたい。

母の椅子の先に置きある大鏡　つと入りゆきてつひに戻らぬ　『朝の水』
施錠せし家なりき母が臥しをりきさびしかりしよ晴天無限　（同）
まづは濃き茶を飲みてより何ごとか始めし母ぞ日に幾たびも　（同）
ざくりと踏む霜の柱の音を聴く母とわかれし日に聴きし音　（同）

岸上大作

五つのわれ文字覚えしをほめてあり戦地の父の最後のたより　『意志表示』

兵庫県に生まれた作者は、父が戦病死したために祖父、母、妹と、四人の貧しい生活を送ることになった。その経済的苦しみが社会主義思想へのめりこむ大きな原因となって、のちに激しい六十年の日米安保闘争へと作者を駆り立てていった。イデオロギーが先行するように思われる、「意志表示せまり声なきこえを背にただ掌の中にマッチ擦るのみ」「装甲車踏みつけて越す足裏の清しき論理に息つめている」といった一直線で、純粋な行動の根元深くに、戦争で一家の主を早くに喪った貧しい家族の実情があったのだといえよう。

五歳の作者は、母に促されて戦地の父に片言の手紙を書いていた。つたない文字に幼子の息遣いを感じ取った戦地の若い父親の思いはいかばかりだっただろう。たった五歳で文字を書いた長子への期待と愛しさにあふれた手紙が想像される。

作者は昭和十四年（一九三九）生まれで、春日井建とは同世代だ。若くして卓抜な言語感覚を駆使した春日井とは違う、やや無器用な技法で詠い取った作品は、寺山修司をして、「生硬で、下手くそ」といわしめたが、この素朴さのなかにこそ、父への含羞をふくんだ愛情が強く感じられる。

白き骨五つ六つを父と言われわれは小さき手をあわせたり　（同）

口つけて水道の水飲みおりぬ母への手紙長かりし夜は　（同）
皺のばし送られし紙幣夜となればマシン油しみし母の手匂う　（同）
戦死公報・父の名に誤字ひとつ　母にはじめてその無名の死　（同）
濡れた土・棺埋めし手に　死ののちも母には厚い壁となる父　（同）
かがまりてこんろに赤き火をおこす母とふたりの夢つくるため　（同）

父の死は、戦後という厳しい時代背景もあって、ひとつの家族の運命を思いのほか激しく翻弄した。作者は、上京ののち、学生運動や恋愛に敗れて二十一歳の若さで自死を遂げることになった。死の直前まで書き続けた「ぼくのためのノート」には、「父が戦死して以来、ぼくの家庭は極度の貧困であった」と、じつに苦しげに記されているのが印象に残る。

小野茂樹

あの夏の数かぎりなきそしてまたたつたひとつの表情をせよ　『羊雲離散』

国文社刊の『小野茂樹歌集』の口絵に、セーターの腕をまくって、木に寄りかかり、かすかに微笑んだ、著者の若々しい一枚の写真が収められている。背後の林は、春の芽吹きのようにも見え、爽やかな空気が漂っているようだ。このさわやかで、純粋で、すこしはかない印象の写真は、そのまま著者の人生を象徴するものとなった。

昭和十一年（一九三六）生まれの小野は、たまたま乗ったタクシーのスピードの出しすぎによる交通事故で、昭和四十五年（一九七〇）五月七日に亡くなった。前年に、『羊雲離散』によって現代歌人協会賞を受賞していた彼の突然の死は、歌壇に大きな衝撃を与え、「くさむらへ草の影射す日のひかりとほからず死はすべてとならむ」という生前の一首は、すでに自己の死を予感していたのではないかともいわれた。詩人としての鋭い予知能力がひときわ話題になり、その夭折を惜しむ者はいまも絶えない。

掲出歌は、長いあいだ思いを寄せながら結ばれず、たがいの変転のあとについに結婚した恋人を詠っている。妻となる前の若く悩み深い季節が、しみじみと思い出される。輝くような夏の笑顔や泣き顔、はげしく揺れる感情を映し出した数々の思い出のなかで、恋人の顔は走馬灯のように流れながら、しかもそのひとつひとつの表情が静止画面のように鮮烈に脳裏に焼きついているのだろう。

四十年前の作品ながら、現在読んでも、じつに新鮮で、はっと胸をつかれるような衝撃力を持った歌だ。青春歌として、「五線紙にのりそうだなと聞いてゐる遠い電話に弾むきみの声」とともに、いつまでも記憶される歌だろう。

家族を詠んだ歌には、ほかにつぎのような歌がある。

開きたる胸乳のごとく空揺れて嫁がざる日のきみなしすでに　『羊雲離散』

かかる深き空より来たる冬日ざし得がたきひとよかちえし今も　（同）

厨房のかなたときをり火の見えて焼きあがりたるケーキ匂へり　『黄金記憶』

冷えて厚き雪の夜の闇灯のごときものを守りて妻は眠れり　（同）

いよよやさしく生きて危機ありはるかなる水の深さに溺れて寝ねむ　（同）

ともしびはかすかに匂ひみどり児のねむり夢なきかたはらに澄む　（同）

父も母もいまだなじまぬ地に生れて知恵づきゆくか季節季節を　（同）

たがいの離婚を経て、やっと得た新しい家庭の平安は、あたたかい厨の匂いと幼子を包む光に満ちながら、どこか脆さを秘め持っている。一瞬にして崩壊してしまう危うさがふんわりと歌を覆っているかのようだ。

佐佐木幸綱

変声期越えて似て来し父子の声相争える時きわだちし　『直立せよ一行の詩』

少年は、変声期を終わるころ、悩みや迷いも急激に増え、深刻化する。身体の発達とうらはらな精神の幼さに自分自身が苛立つのも、このころだろう。声変わりすると成人の男の声、すなわち父の声によく似てくる。口争いで交互に声を発すると、声の調子や声質が似ていることがことに際立つ。反抗する対象とますますよく似てくるという逆説的な状態に陥るのは、なんとも耐え難いことで、複雑な少年の心のうちが見えるような一首だ。

作者の祖父は、国文学者の佐佐木信綱であり、父は同じく国文学者の佐佐木治綱、母は歌人の佐佐木由幾である。歌の家に生まれたが、作歌はしておらず、父の突然の死にあった二十歳を機に短歌を始めたという。

恵まれた環境に育ち、志を共有する父と息子である。『直立せよ一行の詩』（昭和四十七年）は、三十代前半の上梓だが、巻末近くに「父と息子」という連作十七首がある。掲出歌も、このなかのひとつである。「男と男父と息子を結ぶもの志とはかなしき言葉」を連作の一首目に置いている。父の死後十年を経て、真にわかりあってゆく過程が、死者との心の交流を通じて詠われている一連であり、短歌の歴史を背負った家系を継ぐものの苦しみと父祖への共感が滲む。

寒雷の過ぎたる後《のち》の明け方を父の霊遠く轟く気配　（同）
父と子が解り合えざりし部分部分十年を経てまだ温《ぬく》めいる　（同）
父はその父を脱して子を育てし当然なれど子の吾を涙ぐます　（同）

父の急逝後、その歌集や研究書を意識的に読み始め、父の業績を知ることで、また新たな父親像を立ち上がらせてゆく様子が歌に出ている。祖父から父、父から息子に引き継がれてゆく歌人としての宿命は、そのまま短歌の歴史に重なってゆく重さを持っていた。短歌史を負うという公的な荷の重さが、私的な家族の日常と重なり合うところに、他者には見られない独特の「家族の歌」が生まれている。それはまた、自分の息子に継がれてゆくべきものでもあった。

冬の汗胸板伝い落ちゆくを父なきのちもつらなれる父子　『直立せよ一行の詩』
断念の野に修羅なして降る雪か父想う夜の天に音する　（同）
父の場合は？　その口惜しさのまたたきを鎮めんとして雪降りつもれ　（同）
父として幼き者は見上げ居りねがわくは金色《こんじき》の獅子とうつれよ　『金色の獅子』
傘を振り雫はらえば家の奥に父祖たちか低き「おかえり」の声　（同）

安永蕗子

肉親に心つなぎて生きゆけば残りし父を思ふ巷に　『草炎』

「日本に依り韻律に倚ることとの命運つひに月花を出でず」（『朱泥』）と詠い、定型に日本独自の精神性を盛りつつ、自然を見つめ、静謐《せいひつ》に詠い継ぐ姿勢を崩さない作者である。当然のことながら、日常の出来事をそのまま詠むことがない作者には、直接的な家族の歌はあまりない。この歌は、母を失って、深い悲しみに浸っている時の一連にあるが、これだけ直情を吐露した作品もすくないだろう。
作者の父安永信一郎は、短歌誌「水甕」の主要同人として活動した人で、のち「椎の木」を創刊した。その跡を継ぐかたちで、作者もまた歌に生涯を捧げることになった。父は、その代表歌「小刀の研ぎ刃《は》に写る空の色あさはすがしく晴れにけるかも」（『大門』）という歌にも偲ばれるように、凛とした面影が立つ。娘の蕗子は、

老軀なほ持して鋭き父の眼にいま山巓の雪か光れる　『蝶紋』

とも詠んでおり、老いても鋭い精神を保持した敬愛すべき父であった。作者は、母の死の悲しさとともに、伴侶を失った父を深く思いやっている。

愴然と老いたる父を佇たしめてその落魄を叩く霰よ　『魚愁』
夏の花苑切りてみじかき切株と家族と暁《あけ》の眠りむさぼる　（同）
母なしの子となり巷あるく時風のなかなるここは遠街　『草炎』
母のため泣けば小さきともし火もあまた十字を結ぶ遠街　（同）
朝に麻、夕に木綿《ゆふ》を、逆はず生きて夜ごとの湯浴み寂しゑ　『蝶紋』

たえ間なく水の音する厨房のひとつならざる夕べ怖れよ　（同）

日常への埋没をなにより恐れ、詩精神を高く保ち続ける安永の「家族の歌」は、通常の湿潤な抒情を排しており、冷静でぴんと張り詰めた内容の深さと高潔な律のうねりを持っている。「落魄を叩く霰」も、「切りてみじかき切株」も、「遠街」もみな、自己の姿勢を正す契機となるものであり、日常的な安逸をいましめるものとなっている。「厨房のひとつならざる夕べ」を怖れよという一首は、安逸に囚われてしまったものへの諌めではなく、志を高く保ちつつ生きようとする女性たちへの檄文なのだ。

大西民子

かたはらにおく幻の椅子一つあくがれて待つ夜もなし今は　『まぼろしの椅子』

昭和五十年（一九七五）初版の「現代歌人叢書31」に、大西民子歌集『石の船』がある。「創られたものこそ真実」と題した解説は北沢郁子だった。少し引用してみたい。

「彼女は過ぎ去った年月を、いつも鮮明に掻き立てていて、血の噴くような傷として現在の中にとり入れているように見える。（中略）

旅の一日、高山寺に詣でた時、大西は数枚の銅貨を賽銭箱に入れた。あやしむ私に「亡き父母のため、妹のため、わがみどり児のため、そしてわたし自身のため」というのであった。

「集約して一枚にしたら」

私は冗談にまぎらせていったが、旅に来ても彼女の肩は亡き人々のため重いのであった。亡くなった家族たちを、生きている自分の日日の上に重ね、その意味を尋ね歩いている」

北沢のいうように、大西民子は一生をかけて母と妹を慈しみ、別れた夫を気遣い続け、亡き子を思い続け、それを歌の中核に据え続けた歌人だ。いわば、手元にない失われた家族を慕い続けることによって、「家族」の意味を問い続けた歌人といってもいいだろう。

酔へば寂しがりやになる夫なりき偽名してかけ来し電話切れど危ふし　（同）
二年経て机の位置も書棚もそのままなるを不思議の如く夫は眺むる　（同）
いつまでも待つと言ひしかば鎮まりて帰りゆきしかそれより逢はず　（同）

年譜によれば、大正十三年（一九二四）生まれの民子は、奈良女子高等師範学校を卒業後、釜石高等女学校教諭となり、昭和二十二年（一九四七）に釜石工業高校教諭の大西博と結婚する。機械工学専門の夫は、一方で収入の多くを書に費やす文学青年で、家計を省みなかったという。

無名作家のまま終るともながく生きよと希ふを君も知り給ふべし　（同）

という歌もある。結婚の翌年に男子を出産するが、これは早死産となった。大西との結婚は破綻をきたし、長く別居を続け、十年後にはついに協議離婚をすることになった。第一歌集『まぼろしの椅子』は、この苦しい最中に刊行されている。

さきにあげた三首は別居当時のもので、気弱になる夫を励ます気丈な妻の姿がある。

われを伴ひて遁れむと言ふノアもなし裾濡らし雨の鋪道を帰る　（同）

という歌には、心細い一人の生活を嘆く心情がうかがえるが、自立できる仕事を持っていた作者は、安易におのれの生き方や主張を曲げることはなかった。そのうえ、健気にも、不実に奔った夫を辛抱強く待ち、励まし続けた。「幻の椅子」とは、ともに文学で身を立てようと誓い合った最愛の伴侶が本来坐るべきはずだった椅子であり、純粋な希望に満ちた椅子のことだろう。

夫婦は教職員の組合活動で知り合い、結婚をし、新しい職場改革にも取り組み、ともに働き、ともに文学を志した仲間だった。戦後の新しい生き方を積極的に推し進めた者同士の結婚が、その新思潮ゆえに家庭破壊に到ったのは皮肉な結果だ。戦後のまだ未熟な民主主義の時代背景を抜きには語れない男女の結びつきであり、それゆえの一家族の崩壊の姿がここにはある。

浜田到

悲しみのはつか遺りし彼方、水蜜桃《すいみつ》の夜の半球を亡母《はは》と啜れり　『架橋』

作者は、大正七年（一九一八）にロサンゼルスに誕生した。大正十一年に帰国するまで、おおよそ四年間を米国で過ごしている。父母はそのまま在米生活を続けたため、四歳の作者は、帰国後は母方の祖母の元で育った。十二歳のときに、前年、病気のために帰国していた母を三十六歳で喪う。つまり、ほとんど健康な実母との生活の記憶がない。その後、岡山医科大学を卒業し、医師となり、明晰な頭脳と優れた分析力を持った思索的な短歌作家となった。

掲出歌については、塚本邦雄の文章があるので、ほんのすこしだが、紹介したい。

「下句の幻影は抜群の鮮度を持つ。一つの桃の、片側を母、側面を作者と、同時に啜り合ふのか。さうすれば彼は母とおのづから抱き合ふ形になるのか。死者との抱擁の、その楔として熟れた桃が存在すると解釈してよいのか。」（現代歌人文庫解説「晩熟未遂」）

塚本邦雄と浜田は、ともに昭和三十年代の前衛短歌を牽引する歌人として称揚されたが、歌の行き方は対照的であった。この世への怨嗟に満ちた塚本のなまなましく力強い主張と、浜田の肉体を超越した形而上的な世界への志向が、当時の前衛短歌の両極端にあった。浜田の歌に批判的だった塚本だが、掲出歌の鑑賞は「下句の幻影は抜群の鮮度を持つ」と、ほとんど絶賛に近い。たしかに母への回帰に幻影ゆえのリアルさがある。

野にながく落日の的《まと》となりゐし頬《ほ》、遥かなる紅色《くれなゐ》は母有《も》てりき　（同）

睫毛暁《あ》けうすひかる繭を母は翔《た》つ〈死、すなはちこの不可視なる生〉　（同）

柩捧《も》てば頌歌あふれ出づるごとき母の不思議を葬らむとす　（同）

すでにかぐはし、内部なる何か焼かれなにか遺れる灰の中の母ひろへば　（同）

母へのレクイエムは徐々に高まり、透徹して定型を遊離し、聖歌の趣を帯びてくる。浜田の死の歌には、落日のくれないや薄ひかる繭に母の再生を見るような、かすかな一筋の光りが宿っている。死は「不可視なる生」であり、頌歌であり、かぐわしさを伴っている。それはひとえに、若くして逝った、かけがえのない実母へのオードが背景にあるからだ。「ひたぶるに吾を瞶《みつ》めしいまはの眼見終らざりしが閉ぢられゆけり」「死に際を思ひてありし一日のたとへば天体のごとき量感もてり」（『架橋』）といった強い無念と無限大の死の拡大は、母なる人の存在がその人の生涯の思索に大きく関与することをあらためて強く感じさせる。

家族のつながりの不可思議、親子のつながりの不可思議、有無をいわさぬ絆の幸不幸は、浜田によって、つぎのように逆説的にも詠まれている。

美しき崖ともなれや寒き婚せしがはれやかに吾等に嗣子なし　（同）

六　素材から主題へ

素材から主題へ

「家族」とは、「夫婦の配偶関係や親子・兄弟などの血縁関係によって結ばれた親族関係を基礎にして成立する小集団」（『広辞苑』）とある。また、心理学者の林道義によると、「父・母・子の三要素からなる家族を「基本家族」と呼び、三要素以上の親族が加わっている場合を「拡大家族」と呼ぶ」とあり、「家族」は親から子へと生命をつなぐ基本単位とされており、これもまた血縁重視型となっている。

一方、家族社会学では、家族の成員間の近親性や、家を中心とする生活の共同性、日常性が「家族」を規定する大切な要素になっている（河合隼雄『家族関係を考える』）。これは、共住重視型の考え方といえる。今日の「家族」は、血縁重視型と共住重視型の二つが複合した人間関係を指すものだ。現在では、とくに血縁関係のない家族もあり、一概に血縁だけが家族を規定するとはいいきれない要素が多いからだ。

このように、家族の定義は一義的でなく、社会学的にも、心理学的にも、多義にわたるものであり、「家族」を取り上げて論議するのは大変に困難なことだ。短歌に限定しても、家族の構成要素の誰を中心に語るかで、「女性史論」につながったり、「都市論」につながったり、論旨はいかようにも変化する。母を対象にした歌、父を対象にした歌、それぞれに膨大な資料と内容を包含しており、家族の全体像を語るのはなかなかにむずかしい。

だが、「家族」という「意識」は人類発生の源初からあり、時代や洋の東西を問わず、人々の共通の理解と共感を得られる普遍的な話題のひとつとなっている。言語、文化の異なる外国人との懇親の手段としても、これほど有効な話題はない。異文化の外国人同士でも、妻や子供といった家族の話を持ち出すと、たちまちに打ち解けることができる。「家族」の変遷を物差しにして時代や地域の特質を見ることは、かなり有効だろう。

茫漠としたテーマであり、結論が出るものでもない。単に身近な素材として「家族」が詠まれていた時代から、「家族」そのものが大きく歌の前面に迫り出し、主題化され、さらに自己発見の場となってくるまでの過程をたどってみたいと思う。

『万葉集』時代の家族の歌の代表は、なんといっても、人間的な心情を吐露した山上憶良の作品だろう。憶良については冒頭で述べたが、もうひとつ、『万葉集』で忘れてはならないのは、巻二十「防人の歌」だ。ここにも、親を思い、子を思う哀切な歌が収録されている。

「父母が頭掻き撫で幸《さ》くあれて言ひし言葉《けとば》ぜ忘れかねつる」（四三四六）という歌は、平成十八年（二〇〇六）五月五日の子供の日に、朝日新聞の「折々の歌」に取り上げられた。大岡信は「年少の兵だろう」と作者を推定している。現在もなお、旅立つ子に抱く親の気持ち、子の気持ちに通じるものがあり、時代を越えた「家族」の情を湛えている。現代でも、よく引用されるゆえんだ。

以上は、たまたま強く心を刺激する悲しみや愛しさの発露としての「家族」の歌であって、ことさら「家族」をテーマに歌おうとした意図はあまり見えてこない。切実な生活の一端として、貧困があり、別離があり、その対象が子であり、親であった、と見るのが自然だろう。このように素材としての家族は、古く万葉期から存在した。

つぎに「家族」が大きくクローズアップされるのは、近代に入ってからと見るのが順当のようだ。エドワード・ショーターの『近代家族の形成』にも、近代は「家族の時代」であるとして、「近代家族の特徴は、家庭内の愛情、特に子供の教育の重視」が第一義に挙げられている。

近代家族のもうひとつの特徴は、家庭の内外での「性別役割」の分担と固定化だ。資本主義経済において、父親は外で働き、家計の柱となり、母親は良妻賢母として家庭内を守ることが強く求められた。子供重視、性別役割の固定化は、日本における近代の特徴にそのまま重なる。

「日本の近代」はどのあたりとするのが妥当だろうか。「統一国家であること」「議会政治が成立していること」「資本制経済であること」の三要素が近代の指標だとされる。諸説があるが、ここでは、江戸幕府の崩壊とともに鎖国が解け、西欧の近代文明が流入した明治維新から、第二次世界大戦が終わった昭和二十年（一九四五）までを「近代」として話を進めてゆきたい。

この期間は、鎖国が解け、対外的な紛争が増えるなかで、立て続けに戦争が起り、国をあげての富国強兵政策が取られた。ちなみに、昭和十二年（一九三七）の軍事費は国家予算の70パーセントで、十九年には85・3パーセントにもなっている（『日本女性の歴史』角川選書）。働き手の戸主の徴用は元より、「生めよ増やせよ」の多産大家族、家制度による顕著な男女格差など、むりな国策が「家族」に及ぼす影響は計り知れないものがあった。

平成十八年（二〇〇六）、岡部伊都子が『遺言のつもりで』を上梓して話題になったが、そのインタビューのなかで、「女は人間じゃない」といわれた母の時代の困難さを語っているのが印象に残った。父の愛人の家庭と正妻である母の家庭との複雑な多重家族の存在、高等教育を受けられずに、意に染まない結婚を強いられた娘時代、作家として経済的自立を目指した離婚後の経緯など、近代の旧家族制度にまつわる悲劇的な「家族」像が実体験に基づいて語られていてなまなましい。ほんの百年前の男女格差だと思うと衝撃的だ。

女性の地位の在り方は、「家族」にとって大きな要素であり、ここで取り上げた近代の女性の歌にも、その鬱屈した心情がにじみ出ている。

また、富国強兵思想による多産も問題で、たび重なる出産での女性の負担はたいへんなものであった。医療の貧弱もこれに追い討ちをかけ、子の早世、父母の病など、家庭に多くの混乱を招くことにもなった。多産とは逆に、「子なきは去れ」という世間の目もまた女性を苦しめた。

五人《いつたり》ははぐくみ難《がた》しかく云ひて肩のしこりの泣く夜となりぬ

与謝野晶子『春泥集』

その父《ちち》は打擲《ちやうちやく》すその母《はは》は別れむと云《い》ふあはれなる児等《こら》

与謝野寛『相聞』

明治の代表的な歌人、與謝野夫妻の「家族」の歌だ。最終的には十一人の子を育てた夫婦だが、このころはまだ五人の子持ちだった。五人でさえ、家計の厳しさのなかでの育児は、並大抵ではなかったようだ。喧騒にみちた大家族の実態があからさまに詠まれていて、近代の大家族の歌の代表格ともなっている。文学者同士の夫婦の確執は歌のうえにも顕著であり、向学心に燃える近代女性の先覚者としての晶子を強く印象づける。

ここに詠まれた家族の姿は、苦しい生活の実像であり、率直な実感の吐露であって、「家族」を主題に据えて社会批評を展開する意図は感じられない。いずれも、「夫婦の哀れさ」「子の哀れさ」に帰着し、家族の情に溢れており、時代を越えた共感と同情を誘う。「近代の家族」の多くの歌は、テーマ意識よりも人生の述懐意識が濃厚だ。個別の歌について、この点にも触れて、現代の歌との違いを見てゆきたい。

短歌にふたたび「家族」が頻出し、さらに主題意識が強くなるのは、戦後もしばらく経ってから、およそ昭和五十年（一九七五）ごろからではないかと思われる。戦後三十年となるこのころは、基本的生活が安定し、文化の成熟がいっきに進んだ。

昭和五十年には、テレビ広告が新聞広告に取って代わり、五十一年には戦後生まれが総人口の半数を超えた。カルチャーブームが押し寄せ、主婦も気軽に外出する時代が到来した。男女の格差も基本的には取り払われた。使い捨て文化が席捲し、１００円ライター、カップヌードル、冷凍食品などが重苦しい生活感を払拭し、物品に対する人心を軽やかに演出し直した。

その代わり、足が地に着かない浮遊感が人々の心を蝕み始めた。家庭内暴力や子供の自殺も急激に増えた。両親と子供だけで構成される「核家族」が圧倒的に増え、「ニューファミリー」という呼称も使われ始めた。重苦しい旧家制度から解き放たれ、確実に家族の形態が変化したのだった。

昭和五十年以後、こうして近代の旧家族制度の緊密な家族関係が実質的に失われ始めた。強力な家父長制による強制的ともいえる一族意識、旧家族制度による家の継承など、ある意味では、「国家的制度」という強固な外骨格が家族を形作ってきた。戦後の新しい家族は、制度という重い外骨格を脱いだが、それに見合うだけの自立的な家族の芯が発見できないままに、急激な消費文明に乗って進展してしまった。

そのために、両親と子供だけで構成された核家族が、孤立した形で都市部に集まることになった。両親の片方がいったん欠けると、たちまち家族の崩壊に直面する。社会的救済も完備していない状況で、一族と切り離された核家族は脆い。引き籠りやニートやパラサイトの問題も、孤立した核家族には解決しがたい問題だ。

いまや、近代の意味した「家族」そのものは存在しなくなった。各家庭の子供の人数も極端に減少した中で、夫婦や親子の関係も変化する。かつての賑わしい「家族らしい家族」は、虚構化の一途をたどっているように思われる。

個人の尊重が家庭内でも重要な要素となり、家族間であっても、たがいの干渉が遠慮がちになる傾向もある。一方で、数少ない子供を大切にするあまり、過干渉に陥るという現象もあり、親の意識や対応も両極に揺れている。

「人はどんどん一人になり、孤独になっている」（立松和平）という感覚もある。人々はこの寂しさにどのように対処しているのかを探ってみると、当然というべきか、思いがけずというべきか、やはり、「家族」のなかで癒したいと思っているという統計が出ている。

平成十二年（二〇〇〇）の総務庁調査によれば、「一番大切なものは何か」という質問に、六十歳以上の90パーセントの人が「家族・子供」と答え、全世代で見ても40パーセントの人が同じ回答をした。また、平成十三年の小学生高学年を対象にしたシチズン時計の調査での、「最も大切な時間はいつか」という質問に、一位は「睡眠」（60・7パーセント）、二位が「家族と一緒の時間」（41・1パーセント）と答えている。「睡眠」がこんなに求められているのは、塾通いや受験勉強などの余裕のない生活で、それだけ不足しているということだ。

同じように、「家族との時間」が求められているのは、ふだんは家族間の接触がすくないということにもなる。家族意識が稀薄だからこそ、大切さが再認識されているのだろう。「家族」が、家族意識の稀薄さと反比例するように強く求められている時代であることがよくわかる。

こうした現象は、人心をもっとも敏感に反映する短歌で、どのように表現されているのだろう。

除夜の鐘ききつつ眠りに入りゆくか子らの願いは支えてやらむ　大島史洋『幽明』

子は他人そして浪人帰り来て試験ののちを不気味なるかな　（同）

作者は、昭和四十五年（一九七〇）に第一歌集を上梓したが、当初は社会的視野に立って歌を詠む述志の歌人であった。それ以後、徐々に歌の場を日常に下ろして、手触り豊かな身辺詠の領域を大きく広げた。歌集『幽明』は、平成十年（一九九八）刊行の第七歌集で、多くの家族の歌を収録している。

一首目の「子らの願いは支えてやらむ」という下句には、いつの世にも変わりがない、子に対する親の心情が表われている。さらに、「支えてやらむ」には、こうならねばならないという強制の響きはまったくなく、子の自発的な意志を尊重する現代の父親像が浮かび上がる。

二首目は、端的に「子は他人」と切り出し、ここでも現代的な自他の意識を鮮明に出している。「浪人」には、帰属するところを持たない若者の不安や鬱情が揺曳する。まさに、この時期の子は御しがたく、わかりがたく、「不気味」な存在だ。父親のほうが、子を恐れているようにも見える。二首とも、現代を象徴する家族の風景だろう。やや距離を置いて、柔らかく繋がっている家族、淡い淡彩画のような家族像だ。

家族の淡彩画化、場の弱体化のなかで、家族それぞれが自分の個を再確認しているようにも見える。孤独を癒す場としての家庭や家族が、逆にいっそう強く個を意識させ、孤独をかき立てる。現代の家族は、掛け替えのない親睦の場であると同時に、人間の寂しさや孤独を自覚する場でもある。家族という場でこそ、人間の本質が露わにされるのかもしれない。

短歌が人間の在りよう、その不可思議をテーマのひとつとしているならば、まさに「家族」は短歌の本然に重なるものであり、人間の個を際立たせる格好の装置となりうるだろう。

七　現在の家族の歌

I 〔子がわれかわれが子なのか〕

高野公彦

我に妻、妻にみどりごあることの罠のごとしも夜半におもへば　『汽水の光』

昭和四十五年（一九七〇）から五十年の作品を収めた著者の第一歌集から引いた。

昭和四十五年九月に、「昭和」という年号は「明治」を抜いて史上最長の年号になった。戦後二十五年、四半世紀を経て、「核家族」が一般的となった日本の家族の平均世帯人数は3・69人（国勢調査）となり、昭和五十年には3・48人とさらに減少して、その後、各家庭の子供の数が二人に満たなくなった。子への両親の接し方も、愛情の寄せ方も、大家族時代とはおのずから違ったものになり、濃やかに繊細に実生活を規制してゆくものになった。「罠のごとしも」と詠まれる作者にとっての妻、妻にとっての子は、柔らかに、しなやかに身をしばり、足に纏わりついて、自由な行動や思考を奪う存在ともなった。

みどりごのひそと眸《め》ひらくあかときを鳥たつや暗き水の裡より　（同）

高野の歌の嬰児は、単に一家族のなかの構成員としての存在だけでなく、普遍的な生命の不可思議と強く結びついている。若くして身辺に多くの死を体験したという作者にとって、新しい命の力強さと、それに拮抗する、か細く、はかない嬰児の存在は看過することができない関心事であったことだろう。生命の明と暗が切り離しがたく濃密に絡み合い、溶け合った存在としての嬰児は、不可思議の源であり、この世のすべての存在の謎に通じる回路となっている。『汽水の光』に先行する歌を収めた歌集『水木』には、つぎのような歌がある。

みどりごの死を告ぐるこゑ金属のひびきをもちて電話にきこゆ　『水木』
浄められし子のなきがらににんげんの男《を》のしるしあり声なく見たり　（同）

こうした切実さを経たあとの健やかな子の誕生の嬉しさは、言葉につくしがたいだろう。ただ単純なとらわれの罠とばかりはいえない、人生上の得がたい甘い罠でもあるのだ。

夏の雲霧のごとくにながれゆく津軽国原にわが子うまれつ　『水木』
水中に冷やせる桃のほのあかくこの涼しさをみどりご眠る　（同）
幼子をわが寒さゆゑ抱きやればその身さやさやと汝は喜ぶ　『汽水の光』
犬ふぐり咲ける堤を子と行けば子の髪ぬらすほどの日なたあめ　（同）

みどりごは泣きつつ目ざむひえびえと北半球にあさがほひらき　（同）

五首目は、しんと静かな夏の黎明だろう。北半球に朝顔が咲くころ、この世に生を享けたみどりごが目覚めて、細い泣き声をあげた。いかにも頼りなげだが、確かな命を感じさせる声だ。美しい三十一音の韻律のなかに、ひっそりと、しかし確かに受け継がれてゆくいのちの厳粛さと寂しさが漂う。歌の中心に位置する「ひえびえと」という言葉は、歌全体の雰囲気をいっきに変化させる。ひっそりとした少人数の家族が思い浮かび、閑居が思われ、この世からすこし隔たった、俗をまとわない精神が思われる。

そこには、子だけではなく、父親自身の寂寥が色濃く影を落としている。近代の大家族の猥雑さからはほど遠く、深く静かにおのれを見つめる現代の知性が添った家族の歌のひとつだ。

現代人の寂しさが家族を求め、家族がさらに深い寂寥を呼ぶ。この循環の合間合間に、笑いがあり、夢があり、日常がある。

もの見えぬみどり児の清き瞳の前にりんごを嚙めばわれは羞《やさ》しゑ　『淡青』
わが知らぬ時代に遇はん眠る子の足裏やはらかく夜半の翳《かげ》　（同）
男なる鬱を抱きて帰り来つ梨むく妻へ梨食ふ子らへ　（同）
妻子《つまこ》率《ゐ》て公孫樹のもみぢ仰ぐかな過去世・来世にこの妻子無く　『雨月』
夜伽する一族五人　血の濃さに耐へて一穂《いつすい》の蠟の火見つむ　（同）

佐藤通雅

編み物の才は母より受け継ぎて今日も編み編む編みて倦むなし　『予感』

八十六歳の母を見送った一連「母、ミツ」二十首のなかにある一首である。弟の電話で母の危篤を知ったあと、葬儀をすませて数か月までの挽歌を収めている。

吾を産み生命を生みししししむらは今森閑と目の前にあり　（同）
玄関ですーっと倒れた、その「すーっ」でことのは断ちて嗚咽する父　（同）

一連の挽歌は、作者の個人的な悲しみの情を客観的に冷静に描写しており、誰にでも共感しうる普遍性を帯びている。そのなかで、「編み物の才は」の歌は、まさに作者にしか体感できない母への挽歌だろう。

男性で編み物が好きな人は、現在ではさして珍しくないのかもしれない。著名な編み物の男性講師がテレビ講座で人気をさらった例もあった。しかし、やはり一般的に「今日も編み編む編みて倦むなし」というほどに編み物が好きな男性はすくないだろう。明治、大正では皆無に近いのではないかと思う。母から受け継いだ才能とはいいながら、母に近しく教えてもらわなければ、たぶんこんなに手仕事にのめりこむこともなかったにちがいない。母にことさら親しんだ、作者の少年時代が思い浮かぶ。

縁側にあそびがへりの足あらふ母の雑巾のこちょぼったさよ　（同）

街に出て春より編まむ毛糸《いと》さがす「現品限り」の廉価なる棚　（同）

にも、母の遺伝子をまぎれなく受け継いだ作者の、うきうきとした喜びが出ていて、読者をも楽しませる。一首目は微笑ましい回想の歌である。

喪主挨拶兄にいはせて境内の銀杏明かりを窓越しにする　（同）

という母の葬儀の歌には、長男が一族の責任を担うという近代以来の「家」の慣習が、なにげない描写のなかに表現されており、気楽に、しかし所在なく、外を眺めている弟としての作者の位置と姿が見えてくる。葬儀のあり方は、その時代の家族のあり方を端的に映し出すものでもあるのだろう。

壮年の男性が、編み物の才を臆面もなく吐露できる良き時代となったが、葬儀のような伝統的な形式を踏襲する場では、まだ家族の秩序と序列は健在だ。旧い慣習と新しい気風が複雑に混在した社会が現代であり、民衆の心の奥底から、戦前の規範や、戦中戦後の生活の記憶が完全に消え去ったわけではない。

たとえば、戦中生まれの世代にも、直接的ではないが、親の記憶をひきずるようにして受け継いだ、家族の戦争の傷跡が確かに残っている。

佐藤通雅と同じ昭和十八年（一九四三）生まれの歌人二人の歌を挙げる。

昭和六十年代と平成十八年（二〇〇六）に上梓された歌集からだが、日常の些事に紛れて、ふだんは忘れられている戦時の記憶が、なにかの拍子にふっと甦る。ともに「引揚者」という共通点があり、母親にまつわるはるかな記憶のなかの風景は、戦争前後の中国や朝鮮だという。

夜半さめて母をおもえば群青に流離といえることば泡立つ
さいとうなおこ（『シドニーは雨』）

引揚げの船の記憶は持たざれど目瞑《つむ》ればからだしずかに揺れる
（同）

幼子のわれのケープを落し来て母が忘れぬ瀋陽の駅
佐波洋子（『鳥の風景』）

奉天省新台子村とはまぼろしの生地にて母と吾をつなぐ夢
同（『羽觴のつばさ』）

母親の境遇は、母親を思う娘の境遇でもあり、親子の心に戦争は目に見えない波紋をいつまでも投げかけている。戦争の痕跡が抜け切らない戦中生まれ世代の、表裏を見るような作品として挙げておきたい。

大島史洋

今日もよく仕事をせしと呟けばえらいえらいと子が応えたる　『幽明』

「近代の家族の歌」の章で述べたように、近代歌人の落合直文に、「父君よ今朝はいかにと手をつきて問ふ子を見れば死なれざりけり」という一首がある。

当時、直文は三十八歳で、死の四年前に詠まれた歌だ。愛しい子らを残して死ぬことはできないという父としての情愛とともに、一家の長として子の成長を見守りたいという強い責任感が漂っているようだ。子供の「父君よ今朝はいかに」という言葉にも、家長としての父へのある距離感がうかがえる。

それに対して、掲出歌は同じように子供の言葉が巧みに詠み込まれているが、その関係には大きな隔たりがある。子供が父親に対して「えらいえらい」と応えるのだ。父と子の関係が、一瞬、逆転している。それを父親はけっして厭わしくは思っていないようだ。近代の父親ならば、子供の前で、「今日もよく仕事を」したとは、たぶん呟かないだろう。

こうした、現代の父親のふっと力を抜いた素の言動が、近代とは格段に開かれた家族関係、ことに父と子の関係をよく象徴している。それと連動するように、というよりは、夫婦の平等な人間関係が、こうした親子関係を引き出しているのだろうが、夫婦の人間関係は、たとえばつぎのように詠まれる。

老妻と呼ぶには早いが目を据えて勝手におしと言いて去りたる　『幽明』

どのような場面かを、あまり詮索する必要はないだろう。なにか些細な意見の違いがあって、ふっと妻の口をついて出た言葉と何気ない行動が、そのまま詠まれている。平等な関係というより、年季の入った古女房の貫禄と自信が溢れていて、家庭内での女性の位置が近代に比べるとずっと優位になった様子が出ている。

妻をはさみ寝ている見ればくだらない思案の分だけ疎外者である　『炎樹』

という歌にも、家庭内での妻の位置が確かになってゆく過程がうかがわれる。家長としての権威による孤立とは違い、企業戦士としてやむなく家族と疎遠になる父親の姿だ。「今日もよく仕事をしたなあ」と誰にともなく呟く作者に、「えらいえらい」と応える子供の成長ぶりに、現代の健やかな家族像が映し出されている。

驚きて赤毛の息子を見あげれば今頃気づいてなんだと見おろす　『幽明』

こだわりはもういいと思うが甘いかなひとりの時は家族が大事　『四隣』

同じ作者に、こういう歌がある。企業人として、また社会人として懸命に仕事に励んだ半生があり、そのうえに立って、「こだわりはもういいと思う」のだろう。ふっと一人になったときに、やはりいちばん大切に思われるのは「家族」だ、というのは正直な述懐だ。正直すぎて気恥ずかしくなるような結句だが、案外男性の本音が出ている。

ある企業のアンケート調査で、「一番のストレスの解消法は」という問いに対して、男性の答の一位は「家族とのだんらん」だった。ついで「睡眠」「お酒」である。ちなみに、女性は一位が「買い物」で、二、三位が「睡眠」「旅行」と続く（「朝日新聞」二〇〇六年六月六日）。男性は一般的に見ても、まさに「家族が大事」なのだ。そんな父親が、ふだんは仕事の忙しさに取りまぎれて、赤く染めた息子の髪の毛にはとんと気づかなかったのだ。

「今頃気づいてなんだ」と憤慨する息子は、父を見下ろす背丈になっている。面白い場面を、わかりやすい言葉で掬いあげて、素の生活のなかから、まぎれない現代という時代を浮き上がらせている。

三枝昻之

灯の下に来し四歳のやわき掌がわが頭をなでて立ち去りゆけり　『太郎次郎の東歌』

まだ幼いわが子が何を思ったのか、自分のもとに来て、物もいわずに頭を撫で、そのまま立ち去った。ただそれだけのことだが、父親である作者は心を打たれている。幼いながらすべてを見通したような、慈愛に満ちた手のひらの柔かさと暖かさに、凝り固まっていた思念や困憊した身体が解きほぐされるような気がしたことだろう。また、いたいけな子に宿る生来の神性のようなものにも触れて、静かに深く心が動き、作者はこの瞬間を言葉にとどめたのだろう。

子供について考えるとき、かならず思い出すのが、阿部昭の小説『千年』のなかの言葉だ。「これは大したことではなかったろうか？　子供が、自分たちの感情生活が大人たちに一顧もされない幼年時代の早い時期に、もうこの人生の漠たる哀愁だけは知ってしまうというのは。もしそうだとしたら、あと、われわれが学ぶべきどんな重大な事柄が残されているというのか」

また、近代の童話作家、新美南吉は、子供の持つこの哀愁をテーマに、新しい童話の世界を切り開いた。子供が原初的に感じ取る哀愁は、時に清さとなり、思いやりとなり、思いがけない重厚な形をも、とる。たとえば、佐藤佐太郎に「まぼろしに似てきよきこと時に言ふ幼き者の常とおもへど」（『帰潮』）、「童女にもときに重厚のかたちありわれに向ひてもの言はず立つ」（『開冬』）、ほかにも「人の負ひ目やすやす衝ける幼子を幼子のゆゑわれはゆるさず」という歌が醍醐志万子の『塩と薔薇』にある。
わたしたちは、嬰児のまばたき一つしない眸に見つめられて、しばし、たじろぐことがある。その無私の視線は、強く鋭くひたすらにものの本質をえぐり出すかのようだ。幼く、小さく、物いわぬものが、なによりも強く、その場の王となる。権力も財産も持たない、思いのうえでの王が、柔らかい手のひらで父親を撫でるシーンは、聖画のようでもある。父と子の関係は、家制度をすっかり脱し、こうした微妙な一瞬を十全に味わうことができる余裕を得た。

むこうから来て父となるなりゆきの否応のなき花とも思う　『塔と季節の物語』
緑蔭をゆきつつ想う父の夢継がざるものはいまだあたらし　（同）
男児《おのこ》わらいてわが膝の上にくずるれば獅子身中の花のごとしも　（同）

小高賢

雨にうたれ戻りし居間の父という場所に座れば父になりゆく　『家長』

直截な言葉と衒いのない心情の吐露とで、昭和後半から平成にいたる家族像を歌に映しとってきた作者の一首である。とくに、家族を率いてゆく男性としての立場に思いをいたす歌が多い。

掲出歌も、『家長』（平成二年）という歌集からのものであり、歌集題は、

鷗外の口ひげにみる不機嫌な明治の家長はわれらにとおき　（同）

から採っている。鷗外に象徴される近代の家長の威厳を失った現代、どのような父親像を新しく描くことができるのか、その模索の過程が歌に顕著だ。

雨に打たれて帰宅した父親は、厳しい競争社会の一員として終日働き、鬱屈した思いを抱いていたにちがいない。社会での位置や序列はめまぐるしく変化し、入れ替わるのが世のつねだ。しかし、血でつながる家族の関係では、ふつう、そこまで熾烈な役割の入れ替わりはない。ただ単に決められた父の座席に坐れば、それらしくなって、そのような役割を演じることがごく自然にできる。「父の座」といった抽象的な権威づけではなく、もっと手軽な父の役割といったほうが実感に近いだろう。

「口惜しくないか」などと子を責める妻の鋭《と》き声われにも至る　『家長』
家中のもののあり処は妻病めばいっさい謎のごとく暗みぬ　『太郎坂』
「おう」という意味不明なる音吐けるもみあげの濃きわれの長男　『怪鳥の尾』

権威的な父親像とは趣を異にする歌が、各歌集にある。三首目の、「おう」という言葉は、あ

とに述べる梅内美華子の八戸の父の言葉にも通じる、年齢を越えた男独特の、照れを含んだ符丁のようなものだろう。

ふだん、家にいないサラリーマンの父親の立場は、はかなく手ごたえの薄いものだろうが、母親の立場もすこしずつ変化してきた。前述のように、「父の座」という言葉はそれなりに機能して、ある父親像を結ばせる効果があるが、「母の座」というのはあまり聞かない。母は子供にもっと密着していて、「座」などというものに安穏としてはいられないからだろう。

近年、その母親も、パートタイムの仕事に出たり、自己実現のための活動に勤《いそ》しんだり、子供との密着度も以前とは違い、またその質も変わってきた。

はつなつのひかり明るき蔵書館幼きものと書を選びゐる

古谷智子『神の痛みの神学のオブリガート』

神秘の書道化の書自転車の荷台の隅に揺りて帰らな　（同）

知は科学を不知は歴史を導くとふモスコビッシをまた繙きぬ　（同）

スパートパートナーとなりくれし子の渾身のかりそめならぬ速力を追ふ　（同）

子供の成長とともに、みずからもそれに遅れずに、読み、書き、走りたい、という思いが静かに、しかし、ふつふつと湧き上がる。四首目については、つぎのような解説がある。

「伴走してくれた子供の速力を追って走る歌は、数ある現代短歌の母子の歌のなかでも躍動的で特殊な場面であり、きわめて現代的である」（梅内美華子『大正昭和の歌集』）。

「父という場所」に帰ろうとする男と、「母という場所」から離陸しようとする女の接点としての家族が、このように詠まれている。

はなやげる集い果つれば帰りきて舅の汚れを夜更けに濯ぐ　　久々湊盈子（『家族』）

「母という場所」を上手に離陸してもなお、現代社会は難しい問題を突きつけてくる。華やかな集いに出ることができる立場の主婦にも、帰宅すれば逃れがたい介護の任が待っている。世界一という現代日本の長寿社会がもたらしたさまざまな問題が、弱小な家庭にいっきに押し寄せた。介護にまつわる歌も、現代の家族の様相を鋭く深く抉り出すファクターのひとつである。

河野裕子

君を打ち子を打ち灼けるごとき掌よざんざんばらんと髪とき眠る　　『桜森』

このころのことを振り返って、作者はこう述べている。

「怒る時は全身で怒る。そういう自分が、おかしかった。こっけいだと思い、子供たちを蹴っ飛ばしている自分を、味わい面白がっているところがあった。（中略）体と体を触れあいながら、自分の感情そのままを生きる。こういうダイナミックな人間関係は、初めての経験だった」（「たったこれだけの家族」、「短歌」昭和六十二年三月号）。

作者は、自分の感情を抑制することなく、自由に出して、怒るときは怒り、打つときは打つという育て方ができる環境にあった。歌はかならずしも作者の実生活と連動するものではないが、窮屈な家制度のなかで姑の顔色をうかがいながら家事育児をしなければならなかった時代は、もうはるかに過ぎていた。作者は、昭和二十一年（一九四六）生まれであり、戦後生まれの活力溢れる若い母親だった。自分のやり方で、直接的な体感を味わいながらの育児の自在さ、力強さは、つぎのようにも詠まれている。

頰を打ち尻打ちかき抱き眠る夜夜われが火種の二人子太る　『桜森』
邪慳なるわれをわれさへ憎みつつ泣きやまぬ子を打つ又も打つ　（同）
狂ほしく突如かき抱くわが癖《へき》も吾子なれば疑はず二人子育つ　（同）
子がわれかわれが子なのかわからぬまで子を抱き湯に入り子を抱き眠る　（同）
嘘つきの大き男の傍らの日だまりにたつぷりとぬくもりて来し　（同）

近代から戦中戦後にかけて、称揚され、強要され続けた、いわゆる「良妻賢母」型の歌ではない。落ち着いた、どっぷりとした母性の歌とも違い、自己犠牲を疑いもなく受け入れる消極的な母の歌とも違う。「血の絆とか、母子抒情を歌わなかった」と作者自身が述べるように、感情の大きな振幅いっぱいに詠いきる、新しい時代の母子の歌の範疇を切り拓いた家族詠だ。

すべてを時代に帰するつもりはないが、作者の才質とあいまって、新しい家族の歌が拓かれていく社会的土壌があったのはまちがいないだろう。

花山多佳子

子を抱きて穴より出でし縄文の人のごとくにあたりまぶしき　『楕円の実』

子を産み、産褥に臥し、嬰児とともに家籠って身を癒す、若い母親の生活とはどのようなものだろう。生まれたばかりの嬰児は、昼夜を問わず、数時間おきに空腹を訴えて泣く。昼も夜も、子のそばを離れることなく、乳を与え、おむつを取り替え、こまやかに面倒を見なければ子は育たない。

時代がいかに移り変わっても、乳呑児と母親のごく日常的な生活は、そう大きく変化するものではないだろう。縄文の時代から、こうした母と子の生活に根ざした濃やかな営みは絶えることがない。いまも多くは、外界と隔絶された状態で、子育ての部屋に穴籠るような日々が続く。

そうしたある日、やっと成長し、外に連れ出してもよいほどに、この世の風にも慣れてきた嬰児を抱いて、作者は外出したのだろう。その風景は、はるか縄文時代の薄暗い竪穴式住居から、嬰児を抱いた母親が眩しげにあたりを見回している姿と、一瞬、重なったのだ。はるかな時空を超えて、ごく自然に縄文時代の親子と気脈が通じている。母と子の原初的な姿、それは、どこか聖母子像を髣髴《ほうふつ》させるところがある。

立つことを未だ知らざる吾子がまた足もちて視る一人遊びや　（同）

という幼子の姿を映した歌も、無心な仕草にこころ洗われるようであり、じっと子を凝視している若い母親の視線があたたかく感じられる。

子守唄うたい終わりて立ちしとき一生《ひとよ》は半ば過ぎしと思いき　（同）
抱きとる子のはだか身やあやうくて積乱雲は窓に迫りぬ　（同）
めざめし子が這い出してくる物音に耳そばだててけものめきたる　（同）

など、子を対象にした歌が多い作者だが、そのどれもが、過剰な情をともなう近現代の母子抒情とは一風違う懐の深さと、知的客観性を持っている。

作者の母子の歌について、小池光は、「対象に対するつき放した距離感と、時間軸を逆に遡って行くような発想は、ふつうは父性に属するものだろう」(「ながらみ通信」10)と述べ、まなざしがつねに醒めていることを指摘している。その意味で、現代の新しい母歌ともいえるが、じつは古く縄文人の生活に共振する、ゆったりと太い時間を感じさせる母の歌である。

佐伯裕子

祖父《おおちち》の処刑のあした酔いしれて柘榴のごとく父はありたり　『未完の手紙』

戦後六十二年目になっても、A級戦犯合祀への昭和天皇の不快感を記した側近の文書が発見されたことなどもあり、靖国神社問題は厳しい内外の注目を浴びている。合祀についてA級戦犯の身内はどう考えているのかというインタビューがあって、東條英機首相の孫娘と広田弘毅外務大臣の男孫の談話が放送されていた。「極東裁判」そのものが疑問で、合祀は当然だとする意見と、元々軍人でもなく、戦死もしていない一公民で、合祀は遺憾だとする見方に分かれていて、それぞれの遺族の悩みもいまだに深い。

佐伯は、A級戦犯土肥原賢二の孫にあたる。戦争という避けえない時代の流れのなかで、当時の家族が受けた影響は計り知れないものがあった。人々は、父や兄、伴侶、恋人をことごとく捥《も》ぎ取られ、家族は崩壊を余儀なくされた。

とくに、戦犯となった人の家族は、亡き人を悼む単純な悲しみに浸るわけにはいかなかった。この歌の「父」は、戦犯の長子だ。父親が処刑される日の朝、耐え切れずに酒をあおった。泥酔して、石榴《ざくろ》のように真っ赤になったという。心は石榴の裂け目のごとくに爛れていただろう。祖父、父、孫と、三代にわたる悲劇を、理性的な描写で語りかける歌である。
時代が招いた家族の不幸、そのなかで反発しあいながら強く結束してゆく家族、社会から隔絶された家という壺中で、ひっそりと往き来する家族が見える。

父と籠りわれに添寝のおしころす唄より淋し息の匂いは　『春の旋律』
熟れすぎし水蜜桃の香のたぎつ部屋に疲れて名を呼びあえり　(同)
くびらるる祖父がやさしく抱きくれしわが遥かなる巣鴨プリズン　(同)

II 「そこに出てゐるごはんをたべよ」

小池光

薄明のそこはかとなきあまき香《か》は電気蚊取器はたまた妻子　『廃駅』

夜明け前の薄明かりのなかに、ほのかな電気蚊取器の香りが漂う。その香りは、かつて除虫菊の蚊取り線香が放ったあの独特の刺激臭ではなく、蚊取器のマットが放つ、あまったるい人工的な薬品の香りだ。母と子の寝息がない交ぜになったその香りの摩訶不思議な甘さのなかに、作者は目覚めている。現代の家族のもっとも平安な時間が、ひとくちでは語りきれない複雑な感情の襞に沁みこむように詠まれている。

この歌を含む歌集『廃駅』には、現代の家族を対象に詠まれた歌が多く収録されている。

あひねむる母体と胎児さやさやと地下鉛管にガスはながれて　（同）
階段をかたむき曲がり柩くだり長すぎるものは運び出されぬ　（同）
仏壇の置き場をめぐるいさかひの夜半に至るころ狂ほしき　（同）

などといった歌は、さまざまな場で時代を象徴するものとして語られてきた。二、三首目には、「西浦和ロイヤル・コーポで人が死んだ」「公団は仏壇の場所をどう考えているのか――」などの詞書がついている。

このことは、これらの歌が、ただ単に家族の日常を漫然と描いたのではなく、家族のなかに深く浸透している社会の流れや、時代の雰囲気をたっぷりと含ませて家族を詠い、そこに現代の不安感を手触り豊かに描き出そうとする意図があったことを思わせる。それだけに、こうした歌には、単純な家族への愛情だけではない奥行きの深さが感じられる。

この歌集の「後書き」には、こうある。

「郷里の土地を処分して分譲住宅の住人となった。青春のおわりも、無事、終った。団地の谷間を〈都ラーメン〉の屋台が遠離っていくのを、北窓の鉄格子につかまって、二人のこどもと眺めている」

現代の家族の父子の姿が、映画の一シーンのように浮かび上がってくる。昭和五十七年（一九八二）十一月に上梓された歌集である。いまはもう、懐かしい昭和となった。

デパートにわれは迷ひぬ三匹の金魚のための沙《すな》を買はむとして　『日々の思い出』

三句目に「三匹の金魚のため」とあるから、ごくふつうの家庭で飼っている金魚だろう。家族に頼まれて、行き馴れないデパートに行き、水槽に入れる砂を求めて、しばらく迷った。何気ない日常の行動をそのまま写しているが、きらびやかな物の溢れるデパートに迷い込んで、買い馴れないものを求めて迷う男性の姿は、なにかほほえましく、やさしくも、すこし滑稽な現代の父親像が見える。

こどもといふトマトケチャップをわれ愛し妻愛し昼下がりの食事　（同）

日の丸はお子様ランチの旗なれば朱色の飯《いひ》のいただきに立つ　（同）

という歌もある。一首目の手放しな家族への愛情表現は、近代の父親の歌には見られないものだ。ストレートな妻子への思いを「トマトケチャップ」という具体的なものに託して、さらに実感の濃い作品にしている。二首目も、家族の団欒を背景に、やわらかく実景を描写している。「日の丸」「お子様ランチの旗」と身近な物に仮託して、あからさまに思いの底を露呈しない。平凡な娯楽の歌と読みすごされそうだ。しかし、それだけの歌ではないことは明らかだ。つねに権威のまといつく「日の丸」の持つ意味の稀薄化、権威への揶揄が色濃く込められていることを見逃すことはできない。

このように見てくると、さきの「デパートにわれは」の歌も、単に困った〝オトウサンの歌〟と見るだけでは鑑賞不足だ。言葉のすみずみにまで作者の目は行き届いている。たとえば「沙《すな》」だが、水中にある細かい粒を指す言葉が、注意深く選ばれている。そのほか、「デパート」「三匹の金魚」など、歌に出てくる具体は、それぞれストレートに実景を写していると同時に、ある象徴性を帯びている。

氾濫する物質の象徴としてのデパート、ささやかな庶民生活の象徴としての金魚、その生活の底を支える沙など、現代そのものがピンポイントで捉えられている。デパートで迷う父親の心情に、現代の社会のあり方や家庭のあり方への戸惑いが重なって見える。単純に見えて、けっして単純ではない現代の家族詠だ。


そこに出てゐるごはんをたべよといふこゑすゆふべの闇のふかき奥より　『草の庭』

歌集『草の庭』は、平成七年（一九九五）十二月に上梓された。著者の「後記」は、いつも楽しく興味深いので、ここでも、その終部を引用する。

「啄木の『呼子と口笛』に「家」というセンチメンタルな一篇がある。さて、その庭は広くして、草の繁るにまかせてむ。夏ともなれば、夏の雨、おのがじしなる草の葉に、音立てて降るこころよさ云々。久しくこの詩を好きであったが、この詩を好きなじぶんのことは嫌いだった。いまこの感傷を感傷のまま肯ってひそかに借用し、もって『草の庭』とする。」

石川啄木の詩「家」は、自分が住みたい理想の家をこまかく書き記した一篇である。啄木は、明治時代のモダンな木造の洋館に、広い階段とバルコニーのある家でのこぎれいな文化的生活を理想として思い描いている。明治四十四年（一九一一）当時の啄木作品だが、本郷弓町の「喜之床」の二階に、呼び寄せた家族と暮らしていたときのもので、当時は啄木の病気を理由に立退きを迫られていたという。

岩手県の旧渋民村に建てられた「啄木記念館」には、この詩を元に作った、理想の家のミニチュアが飾られている。白いベンチ、白いランプシェード、丸善の新刊書など、幸せな家族を包む、いくつもの部屋と広い庭が印象的だ。啄木は、社会主義への傾倒を深めながらも、一方でこうした小市民的な欧米志向の文化生活への憧れも強くあった。

「そこに出てゐる」という歌は、啄木の近代の理想的家族生活を思い描いた作品を下敷きにした、『草の庭』という題の歌集に収録されている。このことは、やはり歌を鑑賞するときにいくらかの影響を及ぼす。

作者は、夜遅く帰宅したのだろう。食卓には、一人分の夕食が置かれている。家族はみな隣室に寝ているのだが、まだ寝込んではいなかった妻が、「そこに出ているごはんをたべて」と声をかけたのだろう。暗い部屋の奥深くから響く声、それは、家族という得体の知れないものの温りであり、不可解さであり、混沌とした生のエネルギーの総体でもある。

鮮明な問題意識によって切り取られた日常の一場面は、おのずから複雑で怪奇な人生の在りようを映し出す。近代の家族詠が、強固な「家」の意識に縛られ、湿潤な重いしこりを感じさせるのとは違い、なかなか像を結びにくい、茫漠とした現代の家族の姿をほんのりと浮き上がらせる。

道浦母都子

釈放されて帰りしわれの頰を打つ父よあなたこそ起たねばならぬ　『無援の抒情』

昭和五十五年（一九八〇）に上梓された歌集『無援の抒情』は、四六判で、二七一首を収める。漆黒の表紙の地味な装丁の一冊だったが、出版後の反響はものすごく、たちまちにして版を重ねることになった。七〇年安保闘争へとなだれ込む学生運動の渦中にいた著者の、一途で純粋な使命感と、それゆえの無残な挫折が読者の心をわしづかみにして離さなかった。

一九六八年（昭和四十三）十月二十一日の「反戦デー」のデモに騒乱罪が適用されて、作者は逮捕された。「板橋二十号」と呼ばれて、「許されし二枚の毛布にくるまりて眠れど房の冷え果てしなき」「嘔吐して苦しむわれを哀れみて看守がしばし手錠を解きぬ」といった苦しみを味わった。思想と運動、恋と結婚、家族からの逃避と回帰など、「明日あると信じて来たる屋上に旗となるまで立ちつくすべし」という一首に象徴されるように、時代のなかでさまざまに揺れ動く青春期の情念がまっすぐに熱く溢れ、切実に訴えられていて、歌集が持つ迫力はいまでも衰えていない。

掲出歌は、釈放され、帰宅したときの父との対立がストレートに表現されている。この歌の一連には、つぎのような作品が続く。

振るわるる楯より深くわれを打つ父の怒りのこぶしに耐うる　（同）
常遠きわれゆえ打たれて知る愛か泣き顔上げて父を見つむる　（同）
「今人間であろうとすればデモに行きます」父の視線よ肯きていよ　（同）
お前たちにわかるものかという時代父よ知りたきその青春を　（同）
打たれたるわれより深く傷つきて父がどこかに出かけて行きぬ　（同）

かけがえのない存在としての子を思う父、人間としてのあるべき「われ」を問いつめる娘、それぞれに滅私の心から発する欲得を越えた行動なのだ。こののち、結婚、離婚と続く作者に、

少女のようなお前が離婚するのか老いたる父がひとこと言いぬ　（同）

という歌にも見られるように、できることなら無傷でいてほしいという、いつに変わらぬ父親の思いは思想や主義を越えた真実の声以外のなにものでもない。家族の存在価値もまた、そこにあるのだろう。それから二十年後の歌集『青みぞれ』には、つぎのような家族の歌がある。

百年の後を思えと父なるは眼鏡の奥に見て居り　未来　『青みぞれ』
軍装と白割烹着の寄り添うは父母の戦時下婚礼写真　（同）
書き疲れまどろむ夢に佇むは父の楠の木　母の合歓の木　（同）

永田和宏

どう切っても西瓜は三角にしか切れぬあとどのくらいの家族であろう　『饗庭』

平成十年（一九九八）上梓の第六歌集のなかの一首だ。作者は当時五十代、子を育て上げ、ほっとひと息ついた成熟期家族の父親の感慨ということになる。

息子は二十歳前後、娘も十代の終わりに近い、四人家族のごく日常的な一場面だ。真夏のある日、家族全員が揃って大きな西瓜を囲み、にぎやかに切り方を思案する。子供を含めた、ごく平凡でなにげない家族の風景は、その子たちが巣立ったあとの寂寥をふと思わせる。円形の西瓜を分けるとき、公平に分けようと縦に放射状に切ると、みな切り立った三角形になる。「三角」という、ことさらな形の提示とばらばらに分離された様は、子らそれぞれの独立の姿を連想させ、暗示的である。同じ歌集の後半部では、つぎのような歌が見える。

飛び出してゆきたる息子飛び出して行きたいわれが背後より怒鳴る　（同）

若さゆえの息苦しさか行く先も告げず息子が夜を出かけゆく　（同）

息子へと傾斜してゆく妻の声怒鳴られてまたはなやぎを増す　（同）

こんな朝焼けをみたことはあったのだろうか出て行きしおまえの部屋の窓硝子閉ず　（同）

カーペンターズ流るる夜のやさしさは兄去りし部屋を娘が灯しおく　（同）

「どのくらいの家族であろう」という子の独立は、ことのほか早く、しかも突然に起こった。にぎやかで屈託のない家族にしてこうであり、飛び出すという息子の自立のしかたは、けっして特異な例というのではない。さらに十数年後、娘は結婚によって別の家族を形づくり、独立してゆくことになる。ごく健全な家族のプロセスだ。そして、なによりも現代は、こうした家庭の事情を隠すのではなく、肩肘張らぬ表現でさらりと詠うことができる開かれた時代でもある。

平成に入ってから、なかなか自立できない子供たちが増え、「パラサイト」「一卵性母娘」などと呼ばれ、自然な自立が簡単ではない時代となった。社会の不況も含めて原因はさまざまであり、いちがいにはいえないが、少子化による超過保護な育て方もその一因だろう。こうした過保護とは対照的に、幼児期の早くにあまえるべき母の死に出会い、寂しい幼児期を送った作者はこう詠っている。

われかつてこのように抱かれしことなし恍惚と死に溺るるイエス　（同）

その母を嘆かすることなきわが死などはもうとうにつまらなし　（同）

一首目は、十字架上で死んだイエスを聖母マリアが抱きかかえている場面を描いたピエタの歌だ。二首目は、幼児期に生母を喪い、母の記憶のまったくない作者の強い母恋の思いが伝わる。「恍惚と死に溺るる」という表現には、誰にもかなわない濃い母の情に溺れているイエスを妬む思いがつよく滲んでいる。

島田修三

はつなつのあした団地の丘陵《おか》さかる父の群れ見ゆ陽炎《かぎろ》ひて見ゆ　『晴朗悲歌集』

日本では、昭和二十四年（一九四九）に「団地住宅経営計画基準」が出され、戦後の住宅難の解消が図られることになった。昭和三十年（一九五五）に日本住宅公団ができてから、本格的に大規模集団住宅の建設が始まった。

東京から新幹線に乗って二、三時間走るあいだに、窓の外にいくつもの住宅団地を目にすることができる。平地はもう開発しつくしたのか、新しい団地はみな小高い丘を切りくずした造成地に密集して立っている。

この歌は、昭和五十八、九年（一九八三、八四）に詠まれている。「後記」の一部には、こうある。「大学二年のとき、父が死んだ。五十一歳だから、どちらかといえば若死といえるだろう。

父の死をきっかけに、親戚との積年のトラブルを始めとして実に様々な問題がわが家にドッと起こった。ぼくは長男だったから（中略）ぼくはつくづく家族とか血縁なんぞというものはヤッカイで鬱陶しいものだ、と思った。それは憎悪に近い感情だった」

父の死とともにさらけ出された、家族や親族の持つ「ヤッカイ」な部分を骨身に沁みて感じたのである。幸福な状態では強く意識されない「家族」だが、いったん平安が崩れると、「家族」は逆にこのように重く強固に心に食い込んでくる存在でもある。

こうしていったんは憎悪の対象であった家族だが、作者はのちに結婚をして、また新たな家族を築きあげ、二人の子の父となる。またまた、責任を逃れることができない父という立場に立つことになった。

現代の父は、郊外の新興団地に家族を住まわせ、朝ごとに長距離出勤のために丘陵の団地を群になって降りてゆく。その姿は、夏の日にゆらゆらと揺れて、まるで陽炎のようにはかなく、実態のないもののように見える。影の薄い父親像である。

核家族的家長さはさりながら妻にいふ命令おほよそ語尾朦朧体　『晴朗悲歌集』
立つ瀬なき寄る辺なき日のお父さんは二丁目角の書肆にこそをれ　『東海憑曲集』

という歌もある。近代の家長とは違う「核家族的家長」のやわな内面が、「語尾朦朧体」のなかに揺曳している。

永井陽子

みづびたしの天を歩みてかへりゆく父の背のすぢにほふ樟の木　『樟の木のうた』

死者の気管もころころころと鳴りそむる　月出づれば世のものみな楽器　『ふしぎな楽器』

こころねのわろきうさぎは母うさぎの戒名などを考へてをり　『てまり唄』

一首目に出てくる、まっすぐな父の背筋に匂う樟の木は、樹高二十メートルを越える大木で、天に届くがごとき姿を持っている。樟脳の材料としてもよく知られているように、全体に佳香が漂う。そこに、そこはかとない父への敬意と親愛の情がしのばれる。

三首目は、逆説的な詠い方ながら、やはり母への抜きがたい哀惜の思いが詠われていると見るべきだろう。ユーモラスに詠われているように見えながら、「こころねのわろきうさぎ」というあたりに自虐的とも思えるほどの謙虚な身の引き方が透き見える。家族によせる繊細な心の動きが、現代的でドライな家族の歌と対極をなしている。

昭和五十三年（一九七八）上梓の『なよたけ拾遺』には、父の挽歌が多く収められている。

朝な夕なわが名を呼ばふたましひのしづかにひかる空を忘れぬ　『なよたけ拾遺』

という一首もある。亡くなった父の魂は、しずかに満ちる光となって朝に夕に私の名を呼ぶ、その光り溢れる空を決して忘れない、というほどの意味だろう。

かつて私は、この歌について、「現実の肉体を失ってしまった父をどのように自分の中に生かし続け、感じ続けることができるか、そのことに心を傾けつくして詠まれている」（『歌のエコロジー』平成六年）と述べた。肉親の死を受け止めがたくも受容してゆく過程が、散文的な意味をはるかに越えた調べとなって、哀歓ゆたかに伝達される。

娘の買いし大きなチェロは運ばれて二階はゆたかな楽器となりぬ
関谷啓子（『梨色の日々』）

娘の部屋はわが部屋となりいくつかの金の画鋲を壁より外す　（同）

永井陽子と同じ昭和二十六年（一九五二）生まれの女性の家族の歌だ。永井とは違い、母親の立場で詠まれた歌である。娘の存在を身近に感じて生活をゆたかに共有する一首と、不在を納得しつつ新たな自己の生活を拓いてゆく一首である。

内藤明

次の一手決めかねてゐる子の背後うつすら浮かぶ父の面ざし　『斧と勾玉』

この歌の前に、

寝ころびてガキンチョと指すヘボ将棋「待つた」はならぬ「参つた」と言へ　(同)

という歌がある。たぶん、のんびりとした休日の午後、自分の子と平たい折り畳み式の将棋盤を開いて、久しぶりの触れ合いを楽しんでいるのだろう。「ガキンチョ」というところに、えもいわれぬ子への愛情と照れが滲んでいて、ほほえましい。「待つた」というなら、潔く「参つた」といえ、というところは、勝負するときの対等なライバル意識を感じさせ、友達のような父子関係を思わせる。また一方で、こうした男の子らしい潔さを教えたいという父親としての願いもほの見える。

「次の一手」を思案している子供の姿は、はるか昔の自分の姿でもあろう。はるかな子供時代には、将棋盤の向こうに亡き父親が坐っていたのだ。子の姿の背後に、物いわぬ亡き父が浮かんでくる。その父親がどう思い、どう願って、自分と将棋を指していたのかが、いまはっきりとわかり、確実に感じ取ることができる。今も昔も変わらない父親の気持ちが確かにある。

寝転んで将棋をうつ姿に、屈託のない現代の父子関係がそのまま映されている。「次の一手」に迷う子供を、そのままるごと呑み込むような愛情は、亡き父が自分に抱いていた感情とぴったり重なるのだろう。

作者も、まちがいなく父の愛子《まなご》であった。

阿木津英

ああああと声に出だして追い払うさびしさはタイル磨きながらに

『紫木蓮まで・風舌』

これは、一転して、「家族」を持っている女性の強い孤独感に満ちた歌だ。同じ作者には、つぎのような作品がある。

男女にて棲むあわれさは共どもに瓢箪に呑み込まるるごとし

『天の鴉片』

ぎしぎしの赤錆びて立つこの暑さ「家族」とはつね歪めるものを

（同）

夫婦は同居すべしまぐわいなすべしといずれの莫迦が掟てたりけむ

『白微光』

など、つねに現在置かれている女性の立場を見つめ、夫婦を見つめ、家族を見つめて、真正面から真摯に詠い続けてきた。

「あああ」と思わず声に出たのは、いったいどんな寂しさなのだろう。家庭に入って雑多な家事をこなしながら、文学にたずさわる女性の生活は、かつて近代の歌人である若山喜志子や今井邦子らが体験した自由の喪失感の苦さと同質ではないかと思う。

「物言はで十日すぎける此男女《ふたり》けもの、如く荒《すさ》みはてける」（今井邦子）、「にこやかに酒煮ることが女らしきつとめかわれにさびしき夕ぐれ」（若山喜志子）などに、現在でも世間が家庭に求める男女の役割分担の理想像が反面的に出ており、それに苦しむ女性の焦燥感が描かれている。

時代状況は表面上では大きく変化してはいるが、ごく身近な家事の役割や育児の分担など、かえって卑近なところに古風な習慣がこびりついて残っているともいえる。最初の掲出歌の、「タイル磨きながらに」という結句に、そのことがよくうかがえる。

女性の真の解放とはいったい何を指すのか、議論をすればするほど複雑多岐になるが、現在でも、社会において女性が圧倒的に弱い立場にあるのは確かなことだ。表面的には大いに自由を謳歌しているように見えながら、深層に流れる意識は旧態依然である。「家族」は、女性の意識によって、その質を大きく変化させる。フェミニズムに自覚的な歌は、時代の意識に鋭く切り込む必然的な試みである。

松平盟子

女《め》の舟と男《お》の舟の綱ほどけゆくのでなくわれが断ちきりてやる

『プラチナ・ブルース』

二艘の舟が綱に繋がれて舫《もや》われているように、一組の男女が夫婦としてこの世に舫われている。おだやかな波にたゆたうとき、荒れ狂う波に翻弄されるとき、それぞれに二艘の舟は揺れつつも離れることはなかった。綱は絆であり、保護であり、救済の象徴であったが、ある日、その綱が束縛となり、制約となり、制御となった。

舫い綱は、緩み解け始めるが、自然にほどけゆくまでは待てない。「われが断ちきりてやる」ときっぱりと言い放つのは、男性ではなく、女性のほうだ。未練など、まったく感じていないように思われる。束縛を断つという断固とした決断力と爽快感が、結句に色濃く漂っている。まさに、現代の女性の姿であり、その果敢さが端的に表現されている。作者は、子供とも離れて自立の道を選ぶことになる。

われの背へからだあずけて眠りたる幼き重み梅咲けば恋し

『たまゆら草紙』

という歌もあり、子へ寄せる思いは身体感覚に深く食い入って記憶され、視覚、嗅覚、触覚がなまなましく反応しており、母としての哀切さがひときわ強く滲む。

その後、與謝野晶子の研究に打ち込み、フランスに留学するなど、果敢にみずからの舟を大海に向かって漕ぎ出している歌人である。現代女性の実行力、意志力の逞しさがまぶしいばかりの活動ぶりだ。束縛を断った女《め》の舟の行方は、現代の「家族」を語るうえでも見逃すことはできない。

栗木京子

叱られて泣きゐし吾子がいつか来て我が円周をしづかになぞる　『水惑星』

作者は大学の理学部在学中に短歌を始め、数多くの清新な青春歌を詠んだ。なかでも、「観覧車回れよ回れ想ひ出は君には一日《ひとひ》我には一生《ひとよ》」という歌は、青春歌の代表的な作品として記憶されている。理知的であり、しかも抒情豊かな作風で知られる現代歌人の一人だ。

その後、恵まれた結婚生活のなかで一子を得た。専業主婦として、生活の大部分を家庭で過ごす女性の、ほのかな鬱屈や不安をやさしい言葉で陰影深く描きとる。この歌も、現代の母と子の関係を、日常の一場面を的確に切り取ることによって鮮明に印象づけ、いちはやく人口に膾炙《かいしゃ》した一首である。現代の母性の普遍的なあり方を集約するかのような内容で、「家族」に投影された時代の風潮まで読み取ることができる。平易な言葉を使い、誰にでもわかる親しみやすさも大きな特徴だ。

　掲出の歌も、一読して、叱られたあとの幼い子の行動を静かに見つめている、理性的な若い母親の姿が思い浮かぶ。なによりも、「わが円周」という把握と表現に、絶妙な味がある。自分の内部にぶちあたるように身を投げかけてくるのではなく、そっと母親の周辺に触れてくる子の様子をこのように言い換えた。

　こうした魅力的な喩の発見が、歌をシャープにし、しかも既成の言葉では補いきれない気持ちの表現を可能にしている。単なる機知による喩にとどまっていないところを読み取りたい。現代の母子抒情を代表する一首である。ほかにも、

水面を夫と子の首泳ぎゆくあやつるごとく我は手を振る　（同）

など、主婦の立場と思いを代弁するような「家族」の歌が数多くある。

天敵をもたぬ妻たち昼下りの茶房に語る舌かわくまで　『中庭《パテイオ》』
せつなしとミスター・スリム喫《す》ふ真昼夫は働き子は学びをり　（同）

同じ作者の歌だが、子育ての終わった主婦のたくましさとともに、その底に沈殿している倦怠

感が詠み込まれている。家族のなかで、一人だけ社会から取り残されてゆく不安感、焦燥感が顕著になる。

現代はもう、昔のような家制度もなく、嫁の立場も極端に弱いものではなくなった。核家族となった現在、太刀打ちできない「天敵」は見当たらない。ことに家事も終えた昼下がりは空っぽで、退屈であり、かえってあらぬ不安感をかきたてる。

そうした妻たちが世間話に興じる風景はのんびりとして楽しそうだが、心の底にはわけのわからない不満がくすぶっている。

扉《ドア》の奥にうつくしき妻ひとりづつ蔵《しま》はれて医師公舎の昼闌《た》け　『中庭《パティオ》』

子に送る母の声援グランドに谺《こだま》せり　わが子だけが大切　『綺羅』

医師公舎という恵まれた環境にいる妻の感覚には、受身の「蔵《しま》はれて」いるという意識がある。すこし鬱屈した気持ちを持った美しい女たちは、まるで囚われの身をかこつ籠の鳥のようだ。

運動会の応援には、その鬱憤を晴らすかのように大声を張り上げて、応援合戦をくりひろげる。でも、「わが子」だけに向ける声援は、端的に現代の利己的な風潮を反映している。なにげない風景だが、ここにも現代の「家族」の幸と不幸が、象徴的に詠み込まれている。

小島ゆかり

秋晴れに子を負ふのみのみづからをふと笑ふそして心底《しんそこ》わらふ　『月光公園』

第一歌集『水陽炎』で、

みどりごはまだわれのもの　風の日の外出《そとで》にあかき帽子をかぶす　『水陽炎』

と詠んだ作者だが、嬰児の世話に没頭していた時期をすこし過ぎたころの心情が詠まれているのだろう。晴れ上がった秋空のすがやかさのもとで、ことさら顕《あら》わにされる自分の姿に、作者みずからが胸をつかれている。自己を見る、もう一人の自分、その客観的な眼が利いている。自分は子を背に負っているだけで、まったくの空拳で、秋天のもとにたたずんでいる。

「のみの」という語に表わされる、狭く限定された自分の世界に、思わず苦笑した。そして、さらに、「心底わらふ」のだが、この「わらふ」は、おそらく言葉にしがたい苦い自嘲を含んでいるだろう。一日の時間は子育てにおおかたを費やし、自分らしい何の蓄積もできないという空虚な思いは、この時期の多くの女性が味わうものだ。子供は可愛く、子育てや家事をことさら厭うわけではないが、満たされない思いはいかんともしがたく、苦笑するよりほかかない。

そして、また、子供はじつに不思議な遊びをする。一首目と同じ歌集に、夜のたたみ月明かりして二人子はほのじろき舌見せ合ひ遊ぶ　『月光公園』
団栗はまあるい実だよ樫の実は帽子があるよ大事なことだよ　（同）
子供とは球体ならんストローを吸ふときしんと寄り目となりぬ　（同）

といった歌があり、作者が母としての生活を充分楽しみ、満たされている様子がうかがえる。そのうえでのほのかな哀感が滲むような、現代の若い母親の歌である。

ハモニカをふぁんと鳴らしてよその子がわが子のやうなさびしさを見す　『ヘブライ暦』

大塚寅彦

家庭なき者いやすがに灯の充てる真夜のファミリーマートに呑まる　『ガウディの月』

「ファミリーマート」は長時間営業の小型スーパーマーケットで、いわゆるコンビニエンスストアのひとつだ。日本では、一九七〇年代にコンビニが登場して、いっきに増えた。「セブンイレブン」という店名のひとつに端的に出ているように、早朝から夜遅くまで営業を続け、夜型生活の人々が多くなった世相を反映して、近年、急成長をとげた。大変便利で、深夜でもちょっとした食品や衣料、日用品などの不足をいつでも調達できるようになった。

深夜の町の暗闇にあかりの灯るコンビニの存在は、さまざまな影響を人々に与えている。夜のコンビニには、緊急の買物の人もいれば、深夜の勤めに出てゆく人もいれば、昼間は外出できないひきこもりの青年もいる。誰でもが自由に出入りでき、健康な生活者も、孤独な生活者も、もろともに呑み込む。

掲出歌の作者は、このとき、独身で、家庭と呼ばれるものを持っていなかった。深夜コンビニに行ったのだが、「家庭なき者」という孤独感が強くあり、店内の明かりに「いやすがに」と詠うように慰めも感じた。暗闇に煌々《こうこう》と灯るコンビニは温かそうで、まるで現代のオアシスのようにも見える。その温かい店の名は、なんと「ファミリーマート」だ。同じ作者に、

家庭なきわれが巡れるモデルハウス柩のごとく木の香あたらし　（同）
マンションの窓モザイクに灯る夕《ゆふ》家庭とはつひに解き得ぬパズル　（同）

という歌がある。「家庭」すなわち「家族」といっても、この場合はさほど大きな違いはなく、「家族」を持つことへの希求が濃く漂うと同時に、「家族」が「つひに解き得ぬパズル」であると

いう深い謎をも提示していて、現代の家族を考えるうえで強い興味をひかれる。

米川千嘉子

みどり子の甘き肉借りて笑《ゑ》む者は夜の淵にわれの来歴を問ふ　『一夏』

著者は昭和三十四年（一九五九）生まれで、この歌集を編んだころは三十二歳だった。二十代の後半に子を得たのだろう。ただ単純に子の誕生を喜び、嬰児との甘い蜜のような時を持つのではない、思慮ぶかい母親の様子がうかがえる。

馥郁《ふくいく》と乳の香を漂わせ、やわらかな微笑を浮かべる者は無心に母親の顔を見つめているのだが、そのあまりにも清浄な無心さゆえに、見つめられている者は逆に穏やかではいられない。これまでの自分をふり返り、これからどう子に真向かい、育てたらいいか、はたして母たる資格があるだろうか、などと、つたない生き方の自分をみずからに問うているのだろう。

作者は、出産直後に、建設後三十年の学園都市、茨城県つくば市に引っ越した。研究にふさわしい清潔で整然とした人工的な街は、猥雑な人間の生活と湿潤な手ざわりに欠けていて、繁華街の喧騒や老人や多種多様な人々の匂いが徹底的に消されていた。

「このような土地には、濃い乳の香にむせるように子供とふたりきりで過ごす母子の〝純粋時間〟を侵す何ものもなかった。そのことがわたしをよけいに息苦しくさせたのかもしれない」と、作者は「後記」に記している。まさに現代の最先端都市に暮らす核家族の思いが象徴的に述べられている。

胎のうちの小さき小さき足は問ふ母汝《な》れいかに生きて働く　（同）
風の抜け道あまたある部屋子を置けばうたふがごとき喃語《なんご》聞ゆる　（同）
家族むつむかなしき声は空に洩れ　ゆふべゆふがほ子どものしろさ　（同）
何者か夫《つま》を杭打《くひう》つと思ふまでぐんぐん眠り沈みゆくあはれ　（同）

母と子だけでなく、父子、夫婦も、たがいの存在を必要以上に意識し、何ものも介在させない純粋時間のなかで向き合い、かえって重く押しつぶされてゆく。近代の大家族、村意識とは遠くかけはなれた、清潔すぎる真空空間が、いま恐ろしい。

III 「子供よりシンジケートをつくろうよ」

加藤治郎

俺のハルマゲドンとして今、父の胸は縄文土器のごとしも　『昏睡のパラダイス』

「ハルマゲドン」はギリシャ語で、初めは「メギドの丘」を指し、神とサタンとの最終戦争の場のことだった。のちに、世界の命運を決する最終戦争を意味するようになった。

「俺のハルマゲドン」の戦いの相手は、父親だ。父親の胸は、素朴な手造りの古代土器のように分厚く、外見はちょっと野暮ったいが、なかなか手強《てごわ》い。先鋭な現代の理論や、未熟な人生経験ではとても太刀打ちできないほど、深い得体の知れない何ものかを内懐に持っている。それを、いつか越えられればいい、そのときこそが最終戦争の完了するときなのだ、という青年の気持が込められている。

父を思えばくろがねの玩具の貨車のかたかたと座敷をめぐる　『サニー・サイド・アップ』

こつこつと異音のひびく録音に父の声聞く夜の受話器に　（同）

ふろ桶に父のかみそり　あふれゆく湯がかなしくて肩を沈めず　（同）

「玩具の貨車」「異音のひびく録音」「ふろ桶のかみそり」など、いずれも時空をやや隔てた距離感が漂っており、ほのかな郷愁を誘う。父の存在は、こうした事物に象徴的に語られている。父を拒絶するのではない、体温の感じられるほどの時空を隔てた距離で父親を認知している。現代の若い男性の父親観の一端がほの見える。

父の胸なつのおふろに明るくて玩具の魚雷それてゆくのだ　『昏睡のパラダイス』

作者は昭和三十四年（一九五九）生まれ。「ハルマゲドン」「縄文土器」「くろがねの貨車」など、父の歌においては古い事物が頻繁に出てくる。そして、どの歌も戦闘的な要素を含みながらも、どこか静謐《せいひつ》である。

この歌にもまた、「魚雷」が出てくるが、もちろんそれは、「くろがねの貨車」と同様に昔日の玩具である。追憶のなかに立ち上がってくる父親像を追っているのであり、幼児期の視線に捉えた、若くたくましい父の姿が刻印されている。ときを隔ててふり返る姿は、軍国少年であったであろう父の敗戦後の姿であり、強烈な挫折感は薄いにしても、静止画像のなかで、どこかうら悲しい表情を漂わせている。

夏の風呂に溢れる湯、そこに真裸の若い父の胸が立ちはだかっている。おもちゃの魚雷は、父の剝《む》きだしの胸元に命中することなく、いつもあえなく逸《そ》れてしまう。幼いながらに、自分の無力感と父の潜在的な威圧感を感じ取っている。父も子も、ともに湯船のなかに浸り、打ち解けた素裸の心身を晒しあっている。やわらかな印象を与えるが、コツンと硬い芯を含んだ父の歌だ。

俵万智

遠く遠くサイレンの音この部屋に今いることが私の答え　『プーさんの鼻』

「この部屋」とは、前後の歌から見ると、マンションの五階にあり、そこにいるのは若い母子だ。父と呼ばれる人はいない。

どこまでも歩けそうなる皮の靴いるけどいないパパから届く　（同）
もう会わぬと決めてしまえり四十で一つ得て一つ失う我か　（同）

といった歌もあり、未婚の母とその嬰児が二人きりで肩を寄せ合って暮らしていることがわかる。でも、子を産んだことを作者は悔いてはいない。

バンザイの姿勢で眠りいる吾子よ　そうだバンザイ生れてバンザイ　（同）

という歌には、寂しさを孕《はら》みながらも、なお前傾的な作者の行き方が反映されている。精神的にも、経済的にも、自立できる現代の女性のしなやかな強さがある。近代の女性のような悲壮感とは違う、自然体の気負いが見える。

夜の街を行く救急車のサイレンがはるか遠くに響く。幼い子を抱えた母親にはなんとも心細いひとときだろう。しかし、いま、こうして自分がいることが、まさに自分の意志に基づいたものであり、当然の結果であり、答えなのだと確認する作者だ。家族の形がすこしいびつでも、家族は家族である。その欠落感ゆえに、かえって強く家族を意識することにもなるのだろう。弟の結婚式に参列したときの、

家族という語の輪郭をにじませて涙こぼれるチャペルに立てば　（同）

という作品には、確たる像を結びにくくなった、家族という仮象への郷愁と感傷とが色濃く漂っている。

水原紫苑

宥《ゆる》されてわれは生みたし　硝子・貝・時計のやうに響きあふ子ら　『びあんか』

古来からの家族の歌をたどってきて、この歌の前に感慨深く立ち止まる。どの家族の歌とも違う不思議なモチーフの一首だ。この世における家族というものをまったく意識していない家族の歌といったらいいだろうか。硝子や貝や時計のように鋭敏に澄み渡ったところで響き合う子を、天の大らかな寛恕を得て私は生みたい、といった意味だろうか。散文的に意味がたどりにくい歌であり、またそのようなたどり方を拒否した一首ともいえる。

家族というと、血の通った温度感のある生き物同士の関係を思いがちだが、無機質で冷ややか、硬質で精密、それゆえにじつに清廉で純粋な関係への希求が感じられる。異種間、しかも無機質な者同士の交流が作者にはごく自然に感受されている。

黄落のいちやうは吾子にあらざるをかがやき舞へばわが乳《ち》痛めり　『うたうら』

かがやきながら散る銀杏の哀切を、単なる花鳥風月的な抒情ではなく、身体の痛みとしてなまなましく受け止めている。とくに母なるものの痛みとしての感受に、やわらかさと底深い哀しみが宿っている。作者、三十歳ごろの歌である。

ちちははの注ぎし愛はわたくしの辺境をゆく大河となりぬ　『あかるたへ』

穂村弘

子供よりシンジケートをつくろうよ「壁に向かって手をあげなさい」　『シンジケート』

『シンジケート』は、平成二年（一九九〇）に刊行された歌集で、さまざまな話題を呼んだ。いわく、「『シンジケート』は、短歌の世界におけるもっとも新しい〈光の束〉である」（坂井修一）、「現代短歌の歴史に大きな「！」または「♡」を刻みつけることだろう」（林あまり）……。

歌集の栞で、坂井修一は、穂村弘はどうにもとらえどころがない人物であるという印象を持った、と書いている。その作品世界は、規範とか体系とかより、形のない直感が勝っていて、イマジナティブにすぎるが、それだけに我々の世界を過不足なく照射する光線なのかもしれない、ともいう。

穂村の歌から、どのような現代の姿が浮き彫りにされるのだろうか。穂村の歌は、人生の規範への反抗とか、強い反発はあまり感じられないが、底深い孤独感が充満していて、ひときわ強い寂しさがある。

歌集にはほかにも、「サバンナの象のうんこよ聞いてくれだるいせつないこわいさみしい」「ほんとうにおれのもんかよ冷蔵庫の卵置き場に落ちる涙は」「抜き取った指輪孔雀になげうって「お食べそいつがおまえの餌よ」」など、誰にもわかってもらえない、人間の源に巣くっている寂寥を、いままでにない手法と感性で掬いとった作品が数多くある。

この歌は、恋人同士の会話のようであり、普通なら、結婚して子供をつくろうよ、と続くところだが、作者は、秘密結社を作ろう、と軽やかな口調で誘っている。「シンジケート」は、「企業連合」や「証券引受団」など、さまざまな意味があるが、下句から見ても、この歌では明らかに大規模な犯罪集団を指す。遊び感覚の軽さのなかに世界への強い告発が潜んでいる。

現代は眼に見えない不安な要因がさまざまにある。世界でいまだに絶えることのない戦争にも深く関係してゆかねばならない状況にあり、いっけん平和なように見えていて、じつは指先で簡単に突き崩されるような危うい場にいる。自然破壊も進んだ。自分の子供を、こんな世界に残すことはできない。子供よりシンジケートを作って、楽しく、狭く、仲間内だけで身辺を固めようよ、という。

塚本邦雄は、歌集の栞につぎのように書いている。

「一九九〇年も夏に入つてから、各紙各誌は、日本の出生率激減を憂へて、警鐘を鳴らし始めた。シンジケートはいざ知らず、世の善男善女おしなべて、「子供より」他の何かを作ることに専念しつつある歴然たる證左である。生めよ殖やせよの悪夢から醒めた世代がバースコントロールを行ひ、生活の充実と安息を許つたのももう昔のこと、今日の乳幼児減少傾向はもつと頽廃的なニュアンスを帯びてゐるのではあるまいか」

森山良太

エゾ松の砂丘を越えて氷海《うみ》に立つ　倒すよりなき父のひろき背　『西天流離』

平成十七年（二〇〇五）刊行のこの歌集には、つぎのような「後記」がある。

「結婚し、二児の父となり、家まで建てた今も、私のこころは流離しつづけている。どこまで行ってもきりのない旅は時に私を悲観させることもあるが、そういう父の背中を、子供たちが理解してくれる日が来るかもしれない。いつか彼らと青春を語り合いたい」

厳格で近寄りがたかった近代の父親像とはまったく違う、一人の人間としての素のこころが吐露されている。

掲出歌は、その若い父親の、まだ結婚前の青春期の一首だ。生活の基盤もない学生時代の気楽さと頼りなさを漂わせつつ、最果ての北海道を旅しているある日の心情が、寂しく厳しい風景に託されて、くっきりと写されている。

何もない冬の大地と凍てついた氷海。一個の人間としての自分の存在の小ささを、いやおうなく意識する場面だ。全面的な父の支援のもとに生きている自分、ここを脱してどこに行くのかわからないが、とにかく自立の大きな障壁としての父の背を倒さなければならない。北の大地に触発された、激しく潔い決意である。

父の存在とは、時代を越えてこのようなものかもしれない。作者の「後記」の「父の背」は、「倒すよりなき父のひろき背」とは正反対の現代風の若き父の背だが、子はやはり倒すべき対象として見るのだろう。近代の厳しい家長制度のもとの父子関係とはたしかに違う趣はあるものの、父と息子の複雑な心の葛藤は時代を越えて不変なのではないか。かえって、やさしく柔和な現代の父の背のほうが、手ごたえもなく、倒すのはなかなか難しいかもしれない。

吉川宏志

詞書と歌のようにも寄り添える夫婦と言わば　白き行間　『青蟬』

作者も妻も、ともに歌人である。この歌は、「歌人」と題した一連のなかにあり、ほかには、

ぞりぞりと消しゴムで歌削りいる鶴女房をのぞき見ており　（同）
hysterie ようやく妻が緩めたる春の夜　遠い飛行機の音　（同）

といった夫婦の歌が置かれている。夫婦ともに、夜更けまで歌作に没頭することもあるだろう、たがいにその創作の場は見せたくない。

妻のヒステリーの歌は、この一連のなかに置かれると、単なる家庭内のいざこざというのとは違う趣が感じられる。與謝野鉄幹、晶子夫婦の創作上の葛藤も、重ねて思い出される。一つの家庭のなかで、たがいに詩の才を競い合う苦しみが妻のヒステリーの背後には当然あるのだろう。家庭内の子育て、家事などの雑事は、近代だけではなく、平成の現在でも、妻の肩にかかってくるのがふつうだ。自立の意識がより強くなった現代において、主婦の心の葛藤は、近代とはまた違った焦燥感にとらわれる。こうした創作者同士の夫婦ということを念頭に置いて、掲出歌を見ることが必要だろう。

詞書は、歌を支え、歌を効果的に生かすために置かれる題詞で、「序」のようなものだ。歌は主役で、詞書によってかがやきを増す。

このように寄り添う夫婦の在り方は、歌人同士であるからこそ、リアルな実感が添い、上句は繊細な情感を伝達する喩としての効果をあげている。さらに、一字空けで、ぽつんと置かれた結句「白き行間」も、清潔感を漂わせながら、なかなか意味深長で、おもしろい。歌全体が喩で構成されており、喩の達人らしい一首となっている。


いわし雲みな前を向きながれおり赤子を坂で抱き直すかな　　『青蟬』

近代の歌人伊藤左千夫の歌に、「両親《ふたおや》の四《よ》つの腕《かひな》に七人《ななたり》の子を掻《か》きいだき坂路《さかぢ》登るも」という一首がある。子だくさんの時代、みな貧しかった時代の家族の様子が、鮮明に描き出されている。「四《よ》つの腕《かひな》に七人《ななたり》の子」という具体、「掻《か》きいだ」くという動作などに、わき目もふらずに必死に家庭を守る父母の心情が写されている。

それに比べると、この歌は、いささか様相が違う。この歌のすこし前に、

へらへらと父になりたり砂利道の月見草から蛾が飛びたちぬ　（同）

という歌があるが、たいして強い意識もないままに父親となった青年の含羞が濃く滲んでいる。作者は、現代的な繊細な描写のなかに、一人の青年からいまだ脱皮しきれない、現代の若い父親像を立ち上がらせた。

左千夫の、生活に追われながら大勢の子を引き連れて、わき目もふらず坂道を登る姿と、ひとり子を坂の半ばで抱き直して雲を仰ぐ、この作者の姿。百年を隔てた二人の若い父親の姿に、明らかに時代が反映されている。

まだ青年のロマンと憂愁を濃く漂わせて、いわし雲の行方を見ている父親。抱き直した子に、はるかな空を見せたかもしれない。その余裕がスマートで、知的雰囲気を醸し出している。

りんご酢の壜立てられしテーブルに借り物のごと妻と子が待つ　（同）

ハンバーガー包むみたいに紙おむつ替えれば庭にこおろぎが鳴く　（同）

などの作品もあり、家族の実感が稀薄で、頼りなげな現代の父親像が描き出されていて興味深い。

梅内美華子

京都より電話をすれば「おお」と言いただそれのみの北に住む父　『横断歩道《ゼブラ・ゾーン》』

病人食のパスタはまづいと笑ひをり電話の父の八戸訛り　『夏羽』

作者の父親は青森県の八戸に住んでいるようだ。遠く離れ住む父は病んでいて、娘の気がかりのひとつになっている。

父と娘の関係は、思春期を除いて、現代では案外にざっくばらんで、友好的なのではないだろうか。妻のいうことはきかなくても、娘の言葉には素直に従う父親は多い。娘もかなり突っこんで、父親の行動を揶揄《やゆ》することができる。近代の厳格な家制度が尾を引いていた時代では考えられないことだろう。

その父と娘が、京都と八戸に離れて住み、たまに電話で話すとなると、たがいに言葉に詰まり、すぐに母親に受話器を渡すことになる。

「おお」という応答の言葉には、端的な親愛の情と、照れとが溶け合っていて好もしい。娘の信頼感もほの見える。現代の父と娘の関係に、社会の構図、女性の地位の向上などが自然に滲み出している。

ちちははの側に戻りて掻きあぐる春の大雪湿りて重し　『横断歩道《ゼブラ・ゾーン》』
わが首に咬みつくように哭く君をおどろきながら幹になりゆく　『若月祭』
嫁ぎゆく銀杏並木の朝の雨まはだかのわれを母は見たりき　（同）
君を得し朱きかなしみ夕日照るゴンドラ宙《そら》に昇りてゆきぬ　（同）
腎を病むふるさとの父天気図の傘マークの下に今宵も眠る　『夏羽』
ビール持ちお辞儀そろへる父母《ちちはは》を披露宴の雛壇より見き　（同）

作者は昭和四十五年（一九七〇）生まれであり、この年は日本で初のウーマン・リブ大会が開かれたり、女性誌「an an」が創刊されたり、第一回「全国家庭婦人バレーボール大会（ママさんバレー）」が開催されたりした。また、渡部節子がエベレストのサウスコル（七九八五メートル）に到達し、女性の登高世界一記録を打ち立てている。

父と娘の関係だけでなく、二、四首目の夫との関係、三首目の母との関係にも、こうした女性飛躍時代に生まれた娘の自信と余裕のようなものが感じられる。

黒瀬珂瀾

汝《な》は母を殺して産まれ吾《あ》は姉を殺して産まれ　夜の黙礼　『黒耀宮』

これはまた、なんと危険な匂いのする一首だろう。

夜の道か、部屋かもしれない、どこか得体の知れない閉鎖的な感じのする場所で、二人の男がすれ違う。それぞれに生誕の秘密を知り合っている者同士だ。ひとりは母の死を代償に産まれた。「産む」は出産そのものを指すので、お産での死を連想させる。またひとりは、姉の死を代償にこの世に誕生した。

この歌について、春日井建は、「『マクベス』のマルセルのような二人が交わす黙礼には互いの荒々しさに対するヒロイックな敬慕がある」と述べ、「男権中心主義《ファロセントリズム》」が顕著だとしている。さらに、これは「現代とはうらはらな反時代的な思想であろう」と断定したあとに、「逆にきわめて現代的とも言い得る」とも付け加える。

いつの時代の青年も、人生に対する焦燥や戸惑い、孤独など、先行きの見えない不安感は、自分自身ではなかなか御しきれない。その心中の深い謎は、しばしば中世や古代の物語に繋がるところがある。青年はそれゆえに、しばしばきわめて現代的でありながら、かつ反時代的であるのだろう。

産まれたときから母殺しであり、係累殺しである男と男の黙礼。男が軟弱になったといわれる現代だが、その並外れた自立の意志はこのように象徴的に詠われた。

斉藤斎藤

お母さん母をやめてもいいよって言えば彼女がなくなりそうで　『渡辺のわたし』

「近代の歌」で触れた窪田空穂の作品に、「われや母のまな子なりしと思ふにぞ倦みし生命《いのち》も甦り来る」(『まひる野』)という一首があった。ほかに「父母のその身分てる我なりと年に一日《ひ》の今日は思はむ」(『さざれ水』)など、末っ子の自分を可愛がりに可愛がり、心底愛してくれた母への思いが溢れている近代の母の歌を代表するような作品だ。

空穂にとって、母は永遠に母であり、慈母以外の何者でもない。読者にそう思わせるだけの、強い母恋いの趣をそなえた歌だ。

斉藤の歌は、すこし位相が違っている。母親がなにかのきっかけで、「もう母親稼業も飽き飽きしたわ」とでもいったのだろうか。その言葉を受けて、上句の、「お母さん母をやめてもいいよ」と呼びかける言葉が浮かんだのかもしれない。でも、実際には、彼はそういわなかった。いってしまえば、「彼女がなくなりそう」な心配があったのだ。

母は、この歌の終部では、もうすでに「母」ではなくなり、単なる他者として三人称で「彼女」と呼ばれている。辞書によると、「彼女」とは「あの女」「その女」「この女」とあり、自分との関係がかなり薄く、家族同士の肉親意識からはやや遠い距離感がある。現代の母と息子の関係の薄さ、妙に冷えた冷静さを感じることもできるだろう。

「彼女」という呼称は、やや疎遠な人間関係を思わせる一方で、逆に辞書にもう一つ記載されている「愛人」という意味を帯びると、親密すぎる近親相姦的な趣を帯びてくる。たぶん、ここでは前者の読み取り方が順当だろう。

作者は昭和四十七年（一九七二）生まれ。本名は、よくわからない。筆名は「斉藤斎藤」という。そして、歌集題は『渡辺のわたし』。命名によって生じる自分のイメージは、ほんとうの自分だろうか。名前なんて、どうでもよく、いまここにある自分のすべてを指して自分としたい、そんな世の慣習への告発と主張を感じる。


おこたから一歩も出ずに「わからん」と言ってのける父になんか負ける　（同）

同じ作者の、父の歌を挙げておく。やはり、「近代の歌」に、「父君よ今朝はいかにと手をつきて問ふ子をみれば死なれざりけり」（落合直文）、「まのあたり母をさいなむわが父のむごきをみなれおひたちにけり」（前田夕暮）といった歌があったが、こうした歌には旧家族制度を背景にして、父親の権威が厳然とあった時代の雰囲気が色濃く漂っている。

そうした歌と対比させると、「おこたから一歩も出」ない「父」の倦怠感に満ちた態度、「わからん」といって何も解決しない、あいまいな姿勢が際立つ。

窪田空穂のエッセーには、当時の家庭の様子がつぎのように記されている。「父は、聞いて暫くすると意見を云った。それは簡単で、イエス、ノーの程度のものであった。しかしその一言は、私の家では鉄則であった」(「農家の子として受けた家の躾」、『窪田空穂全集』第六巻)。

家人の問いに、すぐに指針を示す父親。家長として強引に物事を決めるというより、責任ある者の立場で決断を下し、責任を取る姿勢が描かれているのだろう。

一方、掲出歌の、「わからん」と答える父親の言葉について、作者は「言ってのける」と感想を述べている。やや批判を含んでいるだろう。しかし、軽蔑というのとはどこか違っている。その言葉に圧されて、「なんか負ける」気がしてくる。素っ気なく詠まれているようでいて、じつは現代の家族の姿を象徴する複雑な襞を含んだ一首といえる。

後記

「家族の歌」について書き始めてから年月が経った。

そのあいだに時代の家族観や、私の家族観なども大きく流れを変えるのではないかと思ったが、そんなことはなかった。五年や十年でその骨格が変わるほど、「家族」の持つ形態や意味は軟《やわ》ではなく、混沌として底深く、アメーバーのように伸縮しながらも本質は大きくは変わらなかった、というのが偽らざる実感だ。

仔細にみれば、政治は二転三転し、経済生活にも大きな影響があった。不況で職を失い、家族崩壊さえ招いた例もある。血縁関係のない家族も増えた。外国で他国籍人の卵子の提供を受けての子の誕生などもある。さまざまな政治的変化、モラルの変化、文化の変化を呑み込み、吸収して、なお「家族」という器は受け継がれている。

＊

平成二十三年（二〇一一）三月十一日に、世界の災害史上に特筆される大震災が起こった。「東日本大震災」の悲惨で甚大な被害と、それに続く「福島原発」事故の無残さは、いまだに鮮明だ。この日を境に生活が、また歌に向かう姿勢が大きく変わったと感じる人々は、私の身辺にもじつに多い。

震災直後の三月中旬から四月中旬にかけて募集が行われたＮＨＫ学園西宮短歌大会には、つぎのような震災に関した歌が数多く寄せられた。

幾度も無言の電話に突然の弟の声「生きてたね」「うん」　円子聿
被災地にて検視官はつぶやきぬ乳児に絡みし負い紐のこと　山村博保
うつし世にひとりとなりし身の透きて被災所に見つくす夜半の月　蓮見孝子
濁流の津波を眼下に子は父に「逃げるの」と聞き「宿題は」と問う　実宝教雄
避難所に九歳の子が訴える「ぼくの家族はどこにいますか」　宮崎安代

いずれの歌も家族とのつながりを求めて、ぎりぎりの削ぎ落とされた言葉を発する人々の姿を実写しており、心に響く。九歳の子の「ぼくの家族はどこにいますか」というストレートで、胸をつく一言は忘れ難い。「宿題は」と聞く子の、日常と非日常をにわかに見分けがたく戸惑う幼さもまた哀切だ。

歌は、猥雑な日常のもろもろを写しながら、非日常を見通す力を失ってはいけないのだろう。日常の大切さと、その底に横たわる非日常の危機を、これほど身に染みて感じさせた出来事はなかった。震災に出会った家族の歌を読むとき、この思いはひとしお強い。

「家族の歌」は、こうした意味で、おのずから社会を映す鏡になっている。震災後、にわかに結婚相談所がにぎわったと聞く。わがこと以上に自分を気遣ってくれる人、すなわち家族の存在をつよく望んでいるのだという。

社会の流れや人のこころを鋭敏に映しながら、「家族」はこれからどこにゆくのだろうか。幸福なときも、また災害などの極端な不幸を背負ったときも、「家族」は心中《しんちゅう》にひとすじの光明を与えてくれる。

＊

本書は、北冬舎の機関誌「北冬」に、平成十七年（２００５）一月発行の第１号から平成十九年二月発行の第５号にわたって連載した稿を核にしてまとめた一冊であり、明治維新以後の近代から平成に到る現在までの「家族の歌」を回顧し、かつ展望しつつ、時代ごとの家族の姿をたどったものである。

歌を味わいながら、そのときどきの時代を偲び、やわらかく揺れ動く人の心に思いを馳せ、歌を通して生の原点となる家族への認識を新たにしていただければ、こんなにうれしいことはない。ここから発展する論議もまた多々出てくるのではないかと思う。

近代から現在までの家族詠の、変わらぬもの、また大きく変化したものの検証と、更なる解析も必要だろう。多くの課題を残しつつも、ひとまず一巻とした。

書き溜めた稿をあらためて見直し、整理し直して、形にすることができ、うれしく思っている。震災と原発事故の重なった未曾有の災害の後であるからこそ、「家族」の意味がつねにも増して真摯に問われ、その大切さが再発見されたということもあり、偶然にも、この時期に上梓の運びとなった感慨はいっそう深い。

なお、百年を超える長い期間の歌を収録したために、その資料は膨大な数にのぼる。逐一、文章中に出典を明記したが、行き届かない点も多々ある。そうした点を御教示いただけると大変に有り難い。

また、平成二十三年（二〇一一）一月に、『家族の歌』と題する本が上梓された。前年の八月に亡くなった河野裕子さんと家族が、産経新聞紙上に連載した歌とエッセイを収録した一冊である。著者は、河野裕子さんと伴侶の永田和宏氏、子息の淳氏とその夫人、娘の紅さんの五人である。帯には「家族って何だろう」と大きく掲げられている。本書とは、その性格は違うが、「家族意識」について、改めて刺激を受けた。

最後になりましたが、多大な時間を費やして出典の校閲と「索引」の作成をしてくださった長谷川と茂古さんに感謝いたします。「《主題》で楽しむ１００年の短歌」シリーズの一冊として『家族の歌』を企画、刊行してくださった北冬舎の柳下和久さんに心からお礼を申し上げます。お力をいただきました皆様、本当に有り難うございました。

平成二十四年十二月十八日

古谷智子

歌人名索引（五十音順・数字はページ）

〈あ行〉

明石海人—あかしかいじん—093～094
阿木津英—あきつえい—236～237
雨宮雅子—あめみやまさこ—167～169
筏井嘉一—いかだいかいち—117
石川啄木—いしかわたくぼく—036, 042～050, 075～082, 139, 225～226
石川不二子—いしかわふじこ—171～173
石田比呂志—いしだひろし—139～141
伊藤左千夫—いとうさちお—055～057, 058, 257
稲葉京子—いなばきょうこ—169～171
今井邦子—いまいくにこ—105～107, 108, 237
岩谷莫哀—いわやばくあい—082～083
上田三四二—うえだみよじ—157～159
生方たつゑ—うぶかたたつえ—135～137
梅内美華子—うめないみかこ—216, 258～259
大下一真—おおしたいっしん—149
大島史洋—おおしましよう—199～200, 209～211
太田水穂—おおたみずほ—109
大塚寅彦—おおつかとらひこ—243～245
大西民子—おおにしたみこ—186～188
岡井隆—おかいたかし—122, 123, 159～161
岡野弘彦—おかのひろひこ—084
落合直文—おちあいなおぶみ—053～054, 091, 262
小野茂樹—おのしげき—180～182
尾上柴舟—おのえさいしゅう—053, 082

〈か行〉

柿本人麻呂—かきのもとのひとまろ—057
春日井建—かすがいけん—122, 123, 176～178, 179, 260
片山廣子—かたやまひろこ—094～095
加藤治郎—かとうじろう—247～249
金子薫園—かねこくんえん—053
川田順—かわだじゅん—138
川妻又治—かわつまたじ—116
河野裕子—かわのゆうこ—216～218
岸上大作—きしがみだいさく—179～180
北沢郁子—きたざわいくこ—186～187
木下利玄—きのしたりげん—060～061
久々湊盈子—くくみなとえいこ—216
葛原妙子—くずはらたえこ—122, 147～149
窪田空穂—くぼたうつぼ—062～067, 073, 118～119, 263
栗木京子—くりききょうこ—239～241
黒瀬珂瀾—くろせからん—260～261
小池光—こいけひかる—219～220, 222

～226
河野愛子｜こうのあいこ｜153～154
小島ゆかり｜こじまゆかり｜242～243
小高賢｜こだかけん｜213～216
五島美代子｜ごとうみよこ｜118, 137～139
近藤芳美｜こんどうよしみ｜129～131

〈さ行〉
三枝昻之｜さいぐさたかゆき｜212～213
斉藤斎藤｜さいとうさいとう｜261～263
さいとうなおこ｜208
斎藤茂吉｜さいとうもきち｜068～070, 160
佐伯裕子｜さえきゆうこ｜220～221
坂井修一｜さかいしゅういち｜252
佐佐木幸綱｜ささきゆきつな｜182～184
佐藤佐太郎｜さとうさたろう｜133～135, 212
佐藤通雅｜さとうみちまさ｜206～208
佐波洋子｜さばようこ｜208
島木赤彦｜しまきあかひこ｜059～062, 092
島田修三｜しまだしゅうぞう｜231～232
釋迢空（折口信夫）｜しゃくちょうくう（おりくちしのぶ）｜058, 083～087, 118
鈴木幸輔｜すずきこうすけ｜119
鈴木文作｜すずきぶんさく｜116
関谷啓子｜せきやけいこ｜234

〈た行〉
田井安曇（我妻泰）｜たいあずみ（わがつまとおる）｜141～143
醍醐志万子｜だいごしまこ｜212～213
高安国世｜たかやすくによ｜119
高野公彦｜たかのきみひこ｜203～205
滝沢亘｜たきざわわたる｜143～144
俵万智｜たわらまち｜249～250
茅野（増田）雅子｜ちの（ますだ）まさこ｜079, 100～102
茅野蕭々｜ちのしょうしょう｜101
塚本邦雄｜つかもとくにお｜122, 154～157, 189, 253～254
土屋文明｜つちやぶんめい｜088～091, 160
寺山修司｜てらやましゅうじ｜122, 123, 174～176, 179

〈な行〉
内藤明｜ないとうあきら｜235～236
永井陽子｜ながいようこ｜233～234
中城ふみ子｜なかじょうふみこ｜163～165
永田和宏｜ながたかずひろ｜229～231
長塚節｜ながつかたかし｜045

〈は行〉
橋本喜典｜はしもとよしのり｜119
花山多佳子｜はなやまたかこ｜218～220
馬場あき子｜ばばあきこ｜165～167
浜田到｜はまだいたる｜189～190
林あまり｜はやしあまり｜252
原阿佐緒｜はらあさお｜110～111

半田良平｜はんだりょうへい｜118, 131～132
藤井春洋｜ふじいはるみ｜085
古谷智子｜ふるやともこ｜215～216
穂村弘｜ほむらひろし｜252～254

〈ま行〉
前川佐美雄｜まえかわさみお｜145～147
前田夕暮｜まえだゆうぐれ｜070～072, 262
正岡子規｜まさおかしき｜056
松平盟子｜まつだいらめいこ｜238～239
三ヶ島葭子｜みかじまよしこ｜102～105, 108, 110～111
水原紫苑｜みずはらしおん｜251～252
道浦母都子｜みちうらもとこ｜227～228
宮柊二｜みやしゅうじ｜115, 116
武川忠一｜むかわちゅういち｜151～152
森岡貞香｜もりおかさだか｜161～162
森山良太｜もりやまりょうた｜254～255

〈や行〉
安永信一郎｜やすながしんいちろう｜185
安永蕗子｜やすながふきこ｜184～186
山川登美子｜やまかわとみこ｜097～098, 145
山崎方代｜やまざきほうだい｜149～150
山上憶良｜やまのうえのおくら｜012～016, 056, 057, 194
山本友一｜やまもとともいち｜119
與謝野晶子｜よさのあきこ｜029～041, 058～059, 094, 096～100, 196～197, 239
與謝野鉄幹（寛）｜よさのてっかん（ひろし）｜030, 033～036, 039, 053, 058～059, 096～098, 196～197
吉井勇｜よしいいさむ｜045
吉川宏志｜よしかわひろし｜255～258
吉野秀雄｜よしのひでお｜091～093
米川千嘉子｜よねかわちかこ｜245～246

〈わ行〉
若山喜志子｜わかやまきしこ｜073, 108～110, 237
若山牧水｜わかやまぼくすい｜045, 072～074, 108～110
渡辺直己｜わたなべなおき｜116

歌集名索引（五十音順・数字はページ）

〈あ行〉
『相聞《あいぎこえ》』与謝野寛（明治43年）―034～035, 058～059, 098, 196
『饗庭《あえば》』永田和宏（平成10年）―229～231
『青蟬』吉川宏志（平成7年）―255～257
『青みぞれ』道浦母都子（平成11年）―228
『青みゆく空』窪田空穂（明治45年）―065
『秋風の歌』若山牧水（大正3年）―072～073
『晶子新集』与謝野晶子（大正6年）―039
『朝の水』春日井建（平成16年）―178
「朝やけ」五島美代子（『新風十人』所収、昭和15年）―118
『天河庭園集《あまのがわていえんしゅう》〔新編〕』（『岡井隆全歌集II』所収、昭和62年）―161
『石の船』大西民子（昭和50年）―186
『意志表示』岸上大作（昭和36年）―179～180
『泉のほとり』窪田空穂（大正6年）―064, 073
『一握の砂』石川啄木（明治43年）―042～048, 075～077, 079, 081, 139
『一夏』米川千嘉子（平成5年）―245～246
『無花果』若山喜志子（大正4年）―108
『羽觴《うしょう》のつばさ』佐波洋子（平成18年）―208
『雨月』高野公彦（昭和63年）―205
『海の声』若山牧水（明治41年）―073～074
『海やまのあひだ』釋迢空（大正14年）―083～085
『炎樹』大島史洋（昭和56年）―210
『槐の傘』稲葉京子（昭和56年）―171
『桜花伝承』馬場あき子（昭和52年）―166, 167
『桜花の領』稲葉京子（昭和59年）―171
『往還集』土屋文明（昭和5年）―088
『黄金記憶』小野茂樹（昭和46年）―182
『大門』安永信一郎（昭和25年）―185
『斧と勾玉』内藤明（平成15年）―235～236
〈か行〉
『開冬』佐藤佐太郎（昭和50年）―134, 212
『ガウディの月』大塚寅彦（平成15年）―243～245
『雅歌』雨宮雅子（昭和59年）―167～168
『架橋』浜田到（昭和44年）―189～190
『家族』久々湊盈子（平成2年）―216
『家長』小高賢（平成2年）―213～215
『悲しき玩具』石川啄木（明治45年）―047～049, 077～082
『神の痛みの神学のオブリガート』古谷智子（昭和60年）―215～216

『鴉と雨』與謝野鉄幹（大正4年）―036
『ガラスの檻』稲葉京子（昭和38年）―169～171
『寒蟬集《かんせんしゅう》』吉野秀雄（昭和22年）―091～092
『汽水の光』高野公彦（昭和51年）―203～205
『帰潮』佐藤佐太郎（昭和27年）―134, 212
『郷愁』窪田空穂（昭和12年）―065
『仰望』岩谷莫哀（大正14年）―083
『魚愁』安永蕗子（昭和37年）―185～186
『綺羅』栗木京子（平成6年）―241
『切火』島木赤彦（大正4年）―059
『金沙集』茅野雅子（大正6年）―079, 100～101
『草の庭』小池光（平成7年）―225
『草の夢』與謝野晶子（大正11年）―039
『樟の木のうた』永井陽子（昭和58年）―233
『形影』佐藤佐太郎（昭和45年）―134
『怪鳥《けちょう》の尾《お》』小高賢（平成8年）―214
『月華の節』馬場あき子（昭和63年）―166
『月光公園』小島ゆかり（平成4年）―242～243
『原牛』葛原妙子（昭和35年）―147
『原生林』前田夕暮（大正14年）―071～072
『恋衣』山川登美子・與謝野晶子・増田（茅野）雅子（明治38年）―097
『黄衣抄《こういしょう》』山本友一（昭和28年）―119
『黄月』佐藤佐太郎（昭和63年）―134
『幸木』半田良平（昭和23年）―118, 131～132
『こおろぎ』山崎方代（昭和55年）―149～150
『黒耀宮』黒瀬珂瀾（平成14年）―260～261
『去年の雪』窪田空穂（昭和42年）―067
『木の間の道』河野愛子（昭和30年）―153～154
『金色の獅子』佐佐木幸綱（平成元年）―184
『昏睡のパラダイス』加藤治郎（平成10年）―247～249

〈さ行〉

『桜森』河野裕子（昭和55年）―216～218
『酒ほがひ』吉井勇（明治43年）―045
『さざれ水』窪田空穂（昭和9年）―063, 261
『左千夫歌集』伊藤左千夫（大正9年）―055～057
『サニー・サイド・アップ』加藤治郎（昭和62年）―247～248
『さびしき樹木』若山牧水（大正7年）―073～074
『佐保姫』與謝野晶子（明治42年）―029～031, 035, 096～097
『山西省』宮柊二（昭和24年）―115～116
『山谷集』土屋文明（昭和10年）―089～090
『柿蔭集《しいんしゅう》』島木赤彦（大正15年）―061
『塩と薔薇』醍醐志万子（平成19年）―212～213
『シドニーは雨』さいとうなおこ（平成4年）―208
『支那事変歌集　戦地篇』大日本歌人

協会編（昭和13年）―116
『紫木蓮まで・風舌』阿木津英（昭和55年）―236〜237
『赤光』斎藤茂吉（大正2年）―068〜069
『収穫』前田夕暮（明治43年）―072
「銃後百首」筏井嘉一（『新風十人』所収、昭和15年）―117
『秋照』武川忠一（昭和57年）―152
『朱霊』葛原妙子（昭和45年）―147
『春泥集』與謝野晶子（明治44年）―030〜031, 059, 196
『少安集』土屋文明（昭和18年）―090〜091
『植物祭』前川佐美雄（昭和5年）―146
『白梅集』若山牧水（大正6年）―074
『白桃《しろもも》』斎藤茂吉（昭和17年）―069〜070
『四隣』大島史洋（平成6年）―211
『白い風の中で』生方たつゑ（昭和32年）―135〜137
『白木槿《しろむくげ》』原阿佐緒（大正5年）―110
『シンジケート』穂村弘（平成2年）―252〜254
『真実』高安国世（昭和24年）―119
『新輯　母の歌集』五島美代子（昭和32年）―137〜139
『水銀伝説』塚本邦雄（昭和36年）―157
『姿見日記』今井（山田）邦子（大正元年）―105
『晴陰集』（『吉野秀雄歌集』所収）（昭和33年）―092
『青海波』與謝野晶子（明治45年）―031〜032
『星宿』佐藤佐太郎（昭和58年）―134
『斉唱』岡井隆（昭和31年）―122〜123, 159〜161
『西天流離』森山良太（平成17年）―254
『晴朗悲歌集』島田修三（平成3年）―231〜232
『雪鬼華麗』馬場あき子（昭和54年）―167
『横断歩道《ゼブラ・ゾーン》』梅内美華子（平成6年）―258〜259
『浅紅《せんこう》』生方たつゑ（昭和25年）―136
『草炎』安永蕗子（昭和45年）―184〜186
『早春歌』近藤芳美（昭和23年）―129
『空には本』寺山修司（昭和33年）―122, 174〜175

〈た行〉

『楕円の実』花山多佳子（昭和60年）―218〜219
『たまゆら草紙』松平盟子（平成4年）―238〜239
『太郎坂』小高賢（平成5年）―214
『太郎次郎の東歌』三枝昂之（平成5年）―212
『淡青《たんじょう》』高野公彦（昭和57年）―205
『暖流』五島美代子（昭和11年）―138
『筑摩野』若山喜志子（昭和5年）―109〜110
『乳房喪失』中城ふみ子（昭和29年）―163〜165
『鳥声集』窪田空穂（大正5年）―063
『長風』鈴木幸輔（昭和29年）―119
『眺望以後』（『若山喜志子全歌集』所収）（昭和56年）―110
『蝶紋』安永蕗子（昭和52年）―185〜186
『直立せよ一行の詩』佐佐木幸綱（昭和47年）―182〜184

『疲れ』前田夕暮（明治43年）―070～071
『土』長塚節（明治43年）―045
「冷たい夕飯」與謝野晶子（大正6年）―038～039
『鶴の夜明けぬ』雨宮雅子（昭和51年）―167
『鉄幹子』與謝野鉄幹（明治34年）―034
『てまり唄』永井陽子（平成7年）―233
『田園に死す』寺山修司（昭和40年）―122, 175
『天眼』佐藤佐太郎（昭和54年）―134
『天の鴉片』阿木津英（昭和58年）―236
『橙黄』葛原妙子（昭和25年）―148
『東海憑曲集』島田修三（平成7年）―232
『東西南北』與謝野鉄幹（明治29年）―034
『塔と季節の物語』三枝昻之（昭和61年）―213
『遠やまひこ』釋迢空（昭和23年）―085
『土地よ、痛みを負え』岡井隆（昭和36年）―160, 161
『鳥の風景』佐波洋子（昭和61年）―208

〈な行〉
『梨色の日々』関谷啓子（平成23年）―234
『夏羽』梅内美華子（平成18年）―258～259
『夏より秋へ』與謝野晶子（大正3年）―039, 098～099
『なよたけ拾遺』永井陽子（昭和53年）―233～234
「日曜の朝飯」與謝野晶子（初出、大正3年読売新聞）―036～037
『日本人霊歌』塚本邦雄（昭和33年）―122, 154～156
『人間往来』與謝野晶子（昭和22年）―096
『熱月』雨宮雅子（平成5年）―167
『野に住みて』片山廣子（昭和29年）―094～095

〈は行〉
『廃駅』小池光（昭和57年）―222～223
『萩之家歌集』落合直文（明治39年）―053～054
『白蛾』森岡貞香（昭和28年）―161～162
『白鳥の歌』滝沢亘（昭和37年）―143～144
『白微光』阿木津英（昭和62年）―236
『白描』明石海人（昭和14年）―093
『白鳳』前川佐美雄（昭和16年）―146
『中庭《パティオ》』栗木京子（平成2年）―240～241
『春の旋律』佐伯裕子（昭和60年）―221
『春の反逆』岩谷莫哀（大正4年）―082
『春の日』前川佐美雄（昭和18年）―146
『柊の門』稲葉京子（昭和50年）―169
『氷魚《ひお》』島木赤彦（大正9年）―060
『飛花抄』馬場あき子（昭和47年）―165～166
『悲神』雨宮雅子（昭和55年）―168～169
『日々の思い出』小池光（昭和63年）―223～225
『氷湖』武川忠一（昭和34年）―151～152
『ふしぎな楽器』永井陽子（昭和61年）―233
『葡萄木立』葛原妙子（昭和38年）―122, 147～149

『冬木原』窪田空穂(昭和26年)―066~067, 118
『冬の旅』橋本喜典(昭和30年)―119
『プーさんの鼻』俵万智(平成17年)―249~250
『プラチナ・ブルース』松平盟子(平成2年)―238
『別離』若山牧水(明治43年)―045
『ヘブライ暦』小島ゆかり(平成8年)―243
『片々』今井邦子(大正4年)―105~107
『方代』山崎方代(昭和30年)―150
『埃吹く街』近藤芳美(昭和23年)―129~131
『牧歌』石川不二子(昭和51年)―171~173
『歩道』佐藤佐太郎(昭和15年)―133~134

〈ま行〉
『まひる野』窪田空穂(明治38年)―062
『まぼろしの椅子』大西民子(昭和31年)―186~188
『万葉集』―012~016, 057, 194
『三ヶ島葭子全歌集』(昭和9年)―102~105
『未完の手紙』佐伯裕子(平成3年)―220~221
『水木』高野公彦(昭和59年)―204
『水惑星』栗木京子(昭和59年)―239~240
『未青年』春日井建(昭和35年)―122, 176~178
『みだれ髪』與謝野晶子(明治34年)―029, 096
『若月祭《みかづきさい》』梅内美華子(平成11年)―259
『無援の抒情』道浦母都子(昭和55年)―227~228
『無用の歌』石田比呂志(昭和40年)―139~141
『紫』與謝野鉄幹(明治34年)―034
『紫草』今井邦子(昭和6年)―107

〈や行〉
『大和』前川佐美雄(昭和15年)―145~146
『ヤマトダマシイ』内貫直次(平成11年)―116
『倭《やまと》をぐな』釋迢空(昭和30年)―085~087, 118
『ゆふがほの家』馬場あき子(平成18年)―166
『幽明』大島史洋(平成10年)―199, 209~211
『羊雲離散』小野茂樹(昭和43年)―180~182
『予感』佐藤通雅(平成18年)―206~207

〈わ行〉
『我妻泰歌集』我妻泰(田井安曇)(昭和42年)―141~143
『涌井』上田三四二(昭和50年)―157~159
『渡辺のわたし』斉藤斎藤(平成16年)―261~263

主要参考文献索引（初出順・数字はページ）

「正倉院文書」―013
『日本霊異記』―016~018
『日本女性の歴史』総合女性史研究会―018, 032, 033, 195
『家族の復権』林道義―018
『家族』北朝鮮による拉致被害者家族連絡会―019
「天声人語」「朝日新聞」平成15年7月30日―019
「蓮池さん夫婦　拉致から25年」「朝日新聞」平成15年7月31日―021
「自分や家族を被写体にした映画」「朝日新聞」平成15年7月16日―022
『一隅より』與謝野晶子―032
「産褥の記」與謝野晶子―033
『現代短歌の世界』久保田正文―035
『我等何を求むるか』與謝野晶子―040
「詩歌の骨髄」大町桂月「太陽」明治38年1月―041
「ひらきぶみ」與謝野晶子「明星」明治37年11月―041
「石川啄木君の歌」若山牧水「創作」大正3年1月―045
『私の履歴書』窪田空穂「日本経済新聞」―063
『亡妻の記』窪田空穂―064
「農家の子として受けた家の躾」窪田空穂―066, 263
『折口信夫の記』岡野弘彦―084
『羊歯の芽』「怪鳥」土屋文明―090
「與謝野晶子集の後に」―097
『近代家族の形成』エドワード・ショーター―099, 195
『真岡市史』―117
『きけ　わだつみのこえ』―117
『昭和・平成家庭史年表』下川耿史・家庭総合研究会編―120
「短歌の運命」桑原武夫「八雲」昭和22年5月号―124
「奴隷の韻律」小野十三郎「八雲」昭和23年1月号―124
『こおろぎ』大下一真「短歌新聞社文庫版解説」―149
「傍観的個人史」石川不二子―171, 173
『短歌一生』上田三四二―158
「けものの眠り」石川不二子―173
「僕のノオト」寺山修司―175
「『熱き冷酷』の宴」磯田光一―177
「『未青年』序文」三島由紀夫―177
「晩熟未遂」塚本邦雄（『現代歌人文庫『浜田到歌集』所収』）―189
『家族関係を考える』河合隼雄―193

「折々の歌」大岡信「朝日新聞」平成18年5月5日｜194
「国勢調査」昭和45年、50年｜203
『千年』阿部昭｜212
『大正昭和の歌集』梅内美華子『神の痛みの神学のオブリガート』項｜216
「たったこれだけの家族」河野裕子「短歌」昭和62年3月号｜216～217
「ながらみ通信10」小池光｜219～220
『シンジケート』栞文・塚本邦雄｜253～254

本書は、「北冬」１号（２００５年１月）－５号（２００７年２月）に一部の章が掲載され、刊行にあたって新たに改稿された以外は、書き下ろしです。

著者略歴

古谷智子

ふるやともこ

1944年(昭和19)12月18日、岡山県生まれ。青山学院大学卒業。75年、「中部短歌会」入会。歌集に、『神の痛みの神学のオブリガート』(85年、ながらみ書房)、『ロビンソンの羊』(90年、同)、『オルガノン』(95年、雁書館)、『ガリバーの庭』(2001年、北冬舎)、『古谷智子歌集』(現代短歌文庫73、08年、砂子屋書房)、『草苑』(11年、角川書店)、『立夏』(12年、砂子屋書房)、評論集に、『渾身の花』(93年、砂子屋書房)、『歌のエコロジー』(共著、94年、角川書店)、『河野裕子の歌』(96年、雁書館)、『都市詠の百年』(2003年、短歌研究社)がある。

《主題》で楽しむ100年の短歌

家族の歌

幸福《こうふく》でも、不幸《ふこう》でも、家族《かぞく》は家族《かぞく》。

2013年6月20日　初版印刷

2013年6月30日　初版発行

著者

古谷智子

発行人

柳下和久

発行所

北冬舎

〒101-0062東京都千代田区神田駿河台1-5-6-408

電話・FAX　03-3292-0350

振替口座　00130-7-74750

http://hokutousya.jimdo.com/

印刷・製本　株式会社シナノ

ISBN978-4-903792-40-8　C0095